U0088108

雅典文化

雅典日研所 企編

「日檢」N1 單字+文法 一本搞定！

50音基本發音表

清音

track 002

a	ㄚ	i	ㄧ	u	ㄨ	e	ㄝ	o	ㄡ
あ	ア	い	イ	う	ウ	え	エ	お	オ
ka	ㄎㄚ	ki	ㄎㄧ	ku	ㄎㄨ	ke	ㄎㄝ	ko	ㄎㄡ
か	カ	き	キ	く	ク	け	ケ	こ	コ
sa	ㄙㄚ	shi	ㄒ	su	ㄙ	se	ㄙㄝ	so	ㄙㄡ
さ	サ	し	シ	す	ス	せ	セ	そ	ソ
ta	ㄊㄚ	chi	ㄑㄧ	tsu	ㄘ	te	ㄊㄝ	to	ㄊㄡ
た	タ	ち	チ	つ	ツ	て	テ	と	ト
na	ㄋㄚ	ni	ㄋㄧ	nu	ㄋㄨ	ne	ㄋㄝ	no	ㄋㄡ
な	ナ	に	ニ	ぬ	ヌ	ね	ネ	の	ノ
ha	ㄏㄚ	hi	ㄏㄧ	fu	ㄈㄨ	he	ㄏㄝ	ho	ㄏㄡ
は	ハ	ひ	ヒ	ふ	フ	へ	ヘ	ほ	ホ
ma	ㄇㄚ	mi	ㄇㄧ	mu	ㄇㄨ	me	ㄇㄝ	mo	ㄇㄡ
ま	マ	み	ミ	む	ム	め	メ	も	モ
ya	ㄧㄚ			yu	ㄧㄩ			yo	ㄧㄡ
や	ヤ			ゆ	ユ			よ	ヨ
ra	ㄌㄚ	ri	ㄌㄧ	ru	ㄌㄨ	re	ㄌㄝ	ro	ㄌㄡ
ら	ラ	り	リ	る	ル	れ	レ	ろ	ロ
wa	ㄨㄚ			o	ㄡ			n	ㄣ
わ	ワ			を	ヲ			ん	ン

濁音

track 003

ga	ㄍㄚ	gi	ㄍㄧ	gu	ㄍㄨ	ge	ㄍㄝ	go	ㄍㄡ
が	ガ	ぎ	ギ	ぐ	グ	げ	ゲ	ご	ゴ
za	ㄗㄚ	ji	ㄐㄧ	zu	ㄗ	ze	ㄗㄝ	zo	ㄗㄡ
ざ	ザ	じ	ジ	ず	ズ	ぜ	ゼ	ぞ	ゾ
da	ㄉㄚ	ji	ㄐㄧ	zu	ㄗ	de	ㄉㄝ	do	ㄉㄡ
だ	ダ	ぢ	ヂ	づ	ヅ	で	デ	ど	ド
ba	ㄅㄚ	bi	ㄅㄧ	bu	ㄅㄨ	be	ㄅㄟ	bo	ㄅㄡ
ば	バ	び	ビ	ぶ	ブ	べ	ベ	ぼ	ボ
pa	ㄆㄚ	pi	ㄆㄧ	pu	ㄆㄨ	pe	ㄆㄝ	po	ㄆㄡ
ぱ	パ	ぴ	ピ	ぷ	プ	ぺ	ペ	ぽ	ポ

拗音

track 004

kya ㄎㄧㄚ		kyu ㄎㄧㄩ		kyo ㄎㄧㄡ	
きゃ	キャ	きゅ	キュ	きょ	キョ
sha ㄒㄧㄚ		shu ㄒㄧㄩ		sho ㄒㄧㄡ	
しゃ	シャ	しゅ	シュ	しょ	ショ
cha ㄑㄧㄚ		chu ㄑㄧㄩ		cho ㄑㄧㄡ	
ちゃ	チャ	ちゅ	チュ	ちょ	チョ
nya ㄋㄧㄚ		nyu ㄋㄧㄩ		nyo ㄋㄧㄡ	
にゃ	ニャ	にゅ	ニュ	にょ	ニョ
hya ㄏㄧㄚ		hyu ㄏㄧㄩ		hyo ㄏㄧㄡ	
ひゃ	ヒャ	ひゅ	ヒュ	ひょ	ヒョ
mya ㄇㄧㄚ		myu ㄇㄧㄩ		myo ㄇㄧㄡ	
みゃ	ミャ	みゅ	ミュ	みょ	ミョ
rya ㄌㄧㄚ		ryu ㄌㄧㄩ		ryo ㄌㄧㄡ	
りゃ	リャ	りゅ	リュ	りょ	リョ

gya ㄍㄧㄚ		gyu ㄍㄧㄩ		gyo ㄍㄧㄡ	
ぎゃ	ギャ	ぎゅ	ギュ	ぎょ	ギョ
ja ㄐㄧㄚ		ju ㄐㄧㄩ		jo ㄐㄧㄡ	
じゃ	ジャ	じゅ	ジュ	じょ	ジョ
ja ㄐㄧㄚ		ju ㄐㄧㄩ		jo ㄐㄧㄡ	
ぢゃ	ヂャ	づゅ	ヂュ	ぢょ	ヂョ
bya ㄅㄧㄚ		byu ㄅㄧㄩ		byo ㄅㄧㄡ	
びゃ	ビャ	びゅ	ビュ	びょ	ビョ
pya ㄆㄧㄚ		pyu ㄆㄧㄩ		pyo ㄆㄧㄡ	
ぴゃ	ピャ	ぴゅ	ピュ	ぴょ	ピョ

● | 平假名 | 片假名 |

使用說明

詞性說名

名⇒名詞

動⇒動詞

形⇒い形容詞

形動⇒な形容詞

接頭⇒接頭詞(置於其他單字前)

接尾⇒接尾詞(置於其他單字後)

接續⇒接續詞

文法接續

形容詞　い形容詞語幹，如：楽しい→楽し

形容動詞　な形容詞語幹，如：きれいな→きれい

動詞た形　如：書く→書いた

動詞て形　如：書く→書いて

動詞ば形　如：書く→書けば

動詞普通形　如：書く→書く、書かない、書いた、書かなかった

動詞辭書形　如：書く→書く

動詞意志形　如：書く→書こう

動詞ない形　如：書く→書か（ない）

動詞可能形　如：書く→書ける

動詞ます形　如：書く→書き（ます）

動詞命令形　如：書く→書け

文法篇

日檢N1
單字+文法
一本搞定！

單字篇

單字比較篇

同音單字篇

文法篇

●track 005

あ行

～あっての
有…才…；沒有…就沒有…

接續

名詞＋**あっての**＋名詞

例句

☞ 皆の協力あっての成功だ。

有大家幫忙才能成功。

☞ 皆さんあってのわたし。

有大家才有我。

～いかに～か
多麼…啊

接續

此為書面語，口語為「**どんなに**」；用法和副詞相同。

例句

☞ この国がいかに暮しやすいかは、住んでいる人の表情からも伺われる。

這個國家有多適合居住，從居民臉上的表情就看得出來。

～いかん
取決於

接續

名詞＋いかん

比較

和「しだいだ」意思類似。

例句

☞ 成功(せいこう)するかどうかはあなたの努力(どりょく)いかんだ。

是否能成功取決於你的努力。

～いかんにかかわらず
不管、不問

接續

名詞＋の＋いかんにかかわらず

比較

和「いかんによらず」「いかんを問(と)わず」用法相同。

例句

☞ 理由(りゆう)のいかんにかかわらず、カンニングは許(ゆる)されないことだ。

不管任何理由，作弊都是不被允許的。

• track 006

～いかんによらず
不管、不問

接續

名詞＋の＋いかんによらず

比較

和「いかんにかかわらず」「いかんを問わず」用法相同。

例句

☞ 成績のいかんによらず、進級できる。

不管成績如何，都能升級。

～いかんを問わず
不管、不問

接續

名詞＋の＋いかんを問わず

比較

和「いかんにかかわらず」「いかんによらず」用法相同。

例句

☞ 理由のいかんを問わず、未成年がお酒を飲むのは違法です。

不管什麼理由，未成年喝酒都是違法的。

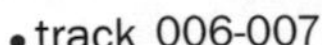

☞ 一度納入した納付金は理由のいかんを問わず返還しません。

款項一經繳納後，不管任何理由都不退還。

（～の）至り

非常、無比

接續

名詞（＋の）＋至り

例句

☞ 彼も悪気はなくやったことですから、ここは若気の至りということでお許しください。

他做這件事並沒有惡意，只是因為太年輕一時衝動，請原諒他。

（～よ）うが

不管…

接續

動詞意志形＋が

形容詞＋かろう＋が

形容動詞＋だろう＋が

比較

比較句型：

「（～よ）うが（～よ）うが」不管是…還是…

●track 007

「（～よ）**うが～まいが**」不管是…不是…

「（～よ）**うと**」不管…

「（～よ）**うと（～よ）うと**」不管是…還是…；…也好…也好

「（～よ）**うと～まいと**」做…不做…都…

「（～よ）**うとも**」不管…都

「（～よ）**うと（も／は）しない**」不打算…

「（～よ）**うにも～れない**」想…也不能…

例 句

☞人になんと言われようが、自分の決めたことは実行する。

不管別人說什麼，只要是自己決定的事就會實踐。

☞人がなんと言おうが、私は彼を信じている。

不管別人怎麼說，我都相信他。

☞人に如何思われようが、何と言われようが構わない。

不管別人怎麼看、怎麼說，我都不在乎。

☞いくら知識があろうが、人の話に耳を傾けない人は成長しない。

學識再豐富的人，不懂得傾聽旁人的意見就不會成長。

☞何があろうが家族を守る。

不管發生什麼事都會守護家人。

☞ カロリーが高(こう)ろうがついつい食(た)べてしまった。

即使熱量很高還是忍不住吃了。

☞ 首長(しゅちょう)だろうが、民間人(みんかんじん)だろうが、1人の人間(にんげん)です。

不管是地方首長還是一般民眾，都是凡人。

☞ 私立出身(しりつしゅっしん)だろうが国立出身(こくりつしゅっしん)だろうが、社会(しゃかい)に出(で)たらみなは同(おな)じだ。

無論是私校畢業還是公立學校畢業，出了社會大家都一樣。

（～よ）うが～まいが

無論是不是…都

接續

動詞意志形＋が＋動詞辭書形＋まいが

(一段動詞、サ變動詞，在「まい」前面也可以接「ない形」，如「する」就可寫成「しまい」)

比較

意同「してもしなくても」。

例句

☞ 彼(かれ)が行(い)こうがが行(い)くまいが、私(わたし)は行(い)く。

不管他去不去，我都會去。

• track 008-009

（～よ）うと

不管

接續

動詞意志形＋と

形容詞＋かろう＋と

形容動詞＋だろう＋と

例句

☞ 何をしようとわたしの自由でしょう。

不管要做什麼都是我的自由吧。

☞ 何と言われようと前向きに行くしかない。

不管別人怎麼說，都只能樂觀向前進。

☞ 荷物が多かろうと少なかろうかこの花瓶を持っていく。

不管行李是多是少，都要把這個花瓶帶去。

☞ いかに見た目がきれいだろうと、この本を読もうと全く思わない。

不管包裝看起來多漂亮，我都不會想讀這本書。

（～よ）うと～まいと

做…不做…都…

接續

動詞意志形＋と＋動詞辭書形＋と

(一段動詞、サ變動詞，在「まい」前面也可以接「ない形」，如「する」就可寫成「しまい」)

例 句

☞ 勉強しようとするまいとあなたの自由だが、試験の日は迫ってきているんですよ。

雖說不管念不念書都是你的自由，但考試的日子已經快到了喔。

☞ 元彼が結婚しようとするまいと、今の私に関係のないことです。

前男友是不是要結婚，都和現在的我沒關係。

☞ 本人が自覚していようとするまいと、自分のしたことはこの世でもかえってくるんじゃないかと思います。

我認為不管他自己有沒有發現，他所做的虧心事都會在這一生得到報應。

（～よ）うにも～ない

想…也不能…

接 續

動詞意志形＋にも＋動詞可能形＋ない

例 句

☞ 調子が悪くて、おきようにも起きられない。

身體狀況不佳，想起床也起不來。

• track 009

☞ 海外で受けた差別待遇は忘れようにも忘れられない。

在國外所受到的歧視，我想忘也忘不掉。

☞ こんなに遠くまで来てしまっては、帰ろうにも帰れない。

都到了這麼遠的地方來，就算想回去也回不去了。

●track 010

か行

～かぎりだ

非常；極

接續

形容詞＋い＋かぎりだ

形容動詞＋な＋かぎりだ

名詞＋の＋かぎりだ

例句

☞ 若気の至りで社長にまで文句を言ったことは、今となっては恥ずかしい限りだ。

當初因為年輕太衝動而跑去向社長抱怨，現在想起來都還是覺得很難為情。

☞ こんな結果になって残念なかぎりだ。

有這樣的結果讓人十分遺憾。

☞ お互いが主催する音楽祭やオーケストラで交流しはじめるとは、嬉しさのかぎりだ。

彼此能在各自舉辦的音樂祭或是演奏會中交流，我感到十分開心。

• track 010

（～を）限り(かぎ)に
以…為界；…為止

接 續

名詞＋を限りに

比 較

比較句型：
「～限りで」到…為止
「～をもって」於…

例 句

☞ 今日(きょう)を限(かぎ)りにお酒(さけ)をやめることにした。
從今天起，我決定戒酒。

☞ 来週(らいしゅう)を限(かぎ)りに辞(や)めると言(い)うつもりだ。
在下星期前要提辭職。

～が最後(さいご)
即然…就必需…；一旦…就…

接 續

動詞た形＋が最後

例 句

☞ 事務所(じむじょ)に入(はい)ったが最後(さいご)、契約(けいやく)するまで帰(かえ)れない。
只要進到事務所裡，不拿到契約就不能回去。

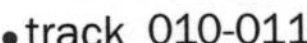

☞ 彼がスピーチを始めたが最後、長々と話が続いて終わらない。

他只要一開始演講，就會長篇大論說個不停。

～かたがた

順便

接　續

名詞＋かたがた

比　較

和「~がてら」相似。

例　句

☞ 挨拶かたがたうかがった。

來打招呼順便拜訪。

☞ お礼かたがた食事に誘った。

為道謝而來順便約吃飯。

～かたわら

一面…一面…

接　續

動詞辭書形＋かたわら

名詞＋の＋かたわら

● track 011

例句

☞日本語を教えるかたわら他に仕事もしている。

一邊教日語一邊從事其他工作。

☞課長は、商社に勤めるかたわら、自分の研究も続けている。

課長一邊在公司工作，一邊繼續自己的研究。

☞私は本業のかたわら、アフィリエイトで生計を立てています。

我在本業之外，也以做網路廣告維生。

～がてら
順便

接續

動詞ます形＋がてら

名詞＋がてら

比較

和「かたがた」意思相近。

例句

☞外に行きがてら、手紙を出してきてくれないか。

你到外面的時候可以順便幫我寄信嗎？

☞ 料理研究家の彼女は旅行がてら、めずらしい食材を探して歩くそうだ。

身為料理研究家的她，會趁旅行時順便尋找稀有的食材。

～がはやいか
立刻

接續

動詞辭書形＋がはやいか

動詞た形＋がはやいか

比較

相似句型：

「～や否や」

「～なり」

「～たとたんに」

例句

☞ 話を聞くがはやいか家を飛び出した。

聽到話之後就馬上從家裡飛奔出去。

☞ 社長が会議室に入ったがはやいか、早速会議が始まった。

社長一進到會議室，會議馬上開始。

●track 012

～からある
竟有

接續

名(有具體數量)+からある

例句

☞ あの選手(せんしゅ)の身長(しんちょう)は2メートルからある。
那名選手的身高高達2公尺。

☞ 10キロからあるすいか。
重達10公斤的西瓜。

～からの
竟有

接續

名詞+からの

比較

和「～からある」相同。

例句

☞ 彼(かれ)は12億円(おくえん)からの遺産(いさん)を相続(そうぞく)したそうだ。
聽說他繼承了高達12億日圓的遺產。

（～を）皮切りに（して）

以…為開始

接續

動詞辭書形＋の＋を皮切りに

動詞た形＋の＋を皮切りに

名詞＋を皮切りに

比較

和「～を皮切りとして」相同。

例句

☞ この講座は浜松公演を皮切りに開催です。

這個講座是以濱松地區的公演為首場展開。

☞ 札幌ドーム公演を皮切りに、全国5大ドームにて19公演が行われた。。

以札幌巨蛋的公演為首，展開全國5大巨蛋共19場公演。

☞ 中学1年の時に航空雑誌を初めて買ったのを皮切りに、この世界に足を踏み入れる。

從中學一年級時購買航空雜誌開始，就踏入了這個世界。

●track 013

～きらいがある
具…傾向

接續

動詞辭書形＋きらいがある

名詞＋の＋きらいがある

例句

☞ 鈴木さんはいい男だが人の話を早飲み込みするきらいがある。

鈴木雖然是好人，但他有容易斷章取義的傾向(習慣)。

☞ 運動しすぎで、腱鞘炎のきらいがある。

運動過度，所以有肌腱炎發作的徵兆。

～極まりない
非常

接續

形容動詞＋極まりない

例句

☞ あの人の同僚への態度は失礼極まりない。

那個人對同事的態度真是無禮至極。

☞ この武器は下手に使うと危険極まりない。

這個武器要是使用不當，就會危險至極。

～極(きわ)まる
非常

接續

形容動詞＋極まる

比較

和「～極(きわ)まりない」用法相同。

例句

☞ 退屈極(たいくつきわ)まる話(はなし)。
無聊至極的話。

☞ 悪質極(あくしつきわ)まる会社(かいしゃ)を撃退(げきたい)する。
撃退過份至極的公司。

（～の）極(きわ)み
極盡；非常

接續

名＋の極(きわ)み

例句

☞ 当方(とうほう)に丁寧(ていねい)なご報告(ほうこく)をいただいてまことに恐縮(きょうしゅく)の極(きわ)みであり、適切(てきせつ)な手早(てばや)い対応(たいおう)に敬意(けいい)を表(ひょう)するものである。

●track 014

能接獲您對我們珍貴的意見，實在感到十分不好意思，我們將會以最快最適當的回應，來表示我們的敬意。

☞ 心身(しんしん)ともに疲労(ひろう)の極(きわ)みに達(たっ)し、職務遂行(しょくむすいこう)の自信(じしん)がなくなった。

身心都已達到疲勞的顛峰，沒有信心能夠確實做好工作。

～ごとき
如同～

接續

動詞辭書形＋が＋ごとき

動詞た形＋が＋ごとき

名詞＋の＋ごとき

比較

意同「～ような」、「～ように」。

例句

☞ 彼(かれ)のごとき人物(じんぶつ)はこの世(よ)に二人(ふたり)とはいない。

像他這樣的人世上不會有第二人。

☞ 今回(こんかい)のごとき事件(じけん)は二度(にど)と起(お)こしてはならない。

像這次的事件絕不能再發生第二次。

☞ 部屋の中からだれかが言い争うがごとき声が聞こえた。

房間裡傳來了似乎是有人在爭吵的聲音。

☞ まるで、空を飛ぶがごときの気持ちよさ。

就像是在空中飛一般的舒暢。

～ごとき
之類的

接續

名詞＋ごとき

比較

和「～なんか」「～など」意思相同。

例句

☞ あなたごときがあの美しくて聡明な先生と同じことしようなんて百年早い。

像你這種人，要比得上那位美麗又聰慧的老師，還早得很呢！

☞ それは、わたしごときではどんなに正確に想像できたとしても決して現実には及ばないような苦しみです。

那是一種，像我這種人無論如何想像，都無法與事實完全相符的苦楚。

●track 015

～ごとく
如同

接續

動詞辭書形＋**が**＋**ごとく**

動詞た形＋**が**＋**ごとく**

名詞＋**の**＋**ごとく**

比較

意思、用法和「～**ごとき**」相同，但後接詞性不同。

「**ごとき**」＋名詞

「**ごとく**」＋動詞、形容詞、副詞

例句

☞過去の忌々しい記憶が怒涛のごとく蘇ってきて苦しいです。

過去那些可恨的記憶就像洶湧的海浪般甦醒，讓我很痛苦。

☞何も言わず、何も無かったがごとく脇を通り過ぎる。

什麼都沒說，就像什麼都沒發生似的，從旁邊通過。

☞明日死ぬがごとく生き、永遠に生きるがごとく学べ。

像明天就會死般地生活，像能長生不老般地學習。

～こととて
因為…所以

接續

動詞普通形＋こととて

形容詞＋い＋こととて

形容動詞＋な＋こととて

名詞＋の＋こととて

（動詞ない形「～ない」可以用「～ぬ」的形式）

比較

意同「ので」。

例句

☞ 休(やす)み中(ちゅう)のこととて、無理(むり)をしないでゆっくりしてださい。

因為正在休假中，所以請別勉強自己好好放鬆。

☞ 大変(たいへん)ご迷惑(めいわく)をおかけいたしましたが、子供(こども)のしたこととて許(ゆる)してやってください。

雖然造成了您很大的困擾，但因為是孩子做的事所以請見諒。

☞ 今回(こんかい)の転勤(てんきん)は急(きゅう)なこととて、ゆっくりご挨拶(あいさつ)にも伺(うかが)えませんでした。

因為這次的調職很突然，所以沒有時間向您打個招呼。

●track 016

☞ 世間のことをまだ分からぬこととて、どうか強い言葉を口しゃべったら許してください。
因為我還未經世事，若是衝口說出了過分的話，還請見諒。

☞ 慣れないこととて、始めはずいぶん戸惑った。
因為是不習慣做的事，所以一開始十分困惑。

～ことなしに
沒有…

接續

動詞辭書形＋ことなしに

例句

☞ 相手の心を傷つけることなしに、間違いを正すことは難しいことだ。
要不傷對方的心而糾正對方的錯誤，是很難的事。

☞ 謝ることなしに、人とのやり取りはうまくやっていけない。
若是缺少了道歉的動作，就無法和人順利往來。

☞ 書いて直してを繰り返すことなしに完成しない卒業論文。
沒有經過反覆修改，就不可能完成的畢業論文。

さ行

～際

時候、時機

接續

動詞普通形＋際

名詞＋の＋際

例句

☞ お降りの際は、お足元にご注意下さい。

下車之時，請注意腳步。

☞ ATMを利用する際は手元を隠すべし。

使用ATM之時，要遮住(按密碼的)手。

☞ 代金引換の際に料金はいくらかかりますか。

貨到付款時，需要付多少手續費呢？

☞ サイトにアクセスしようとした際にエラーが発生しました。

要連上網站時，發生了錯誤。

～さえ～ば

只要…(就…)

接續

●track 017

名詞＋さえ～ば

動詞連用形＋さえ～ば

動詞普通形＋でさえ～ば

疑問詞＋かさえ～ば

比　較

和「～さえ～たら」用法相同。

例　句

☞ 優秀な人材さえ確保できれば、後はあまり問題ないですよ。

只要能保有優秀的人材，接下來就沒什麼問題了。

☞ 世の中には料理の本というのがたくさんあるが、この本さえ見ればそんな素人でも上手につくることができるのだろうか。

世界上雖然有許多食譜書，但只要讀了這本，就算是門外漢也能夠上手。

☞ 生きてくれさえすればそれでいい。

只要你能活著，對我來說就夠了。

☞ 英語をたくさん聞きさえすれば、自然に英語が聞き取れるようになる。

只要大量地聽英語，就能自然地聽懂了。

☞ このコツさえ知れば必ずモテる。

只要知道這個秘訣，就一定會大受歡迎。

☞ 自分が何が分かってないかさえわからなければ学ぶ意欲も起きないだろう。
要是連自己哪裡都不懂也不知道的話，那麼也不會有學習的欲望。

～始末だ
結果

接續

動詞普通形＋始末だ
形容詞＋い＋始末だ
形容動詞＋な＋始末だ
名詞＋の＋始末だ

例句

☞ しまいには泣き出す始末だ。
到最後的結果是哭了。

☞ あの二人は犬猿の仲で、ちょっとしたことでも、すぐ口論になる始末だ。
那兩個人水火不容，就算是一點小事，最後都會以吵架收場。

☞ あり金全部を使い尽くして、今夜の飯代もない始末だ。
用光了所有的錢，落得連今天晚飯的錢都沒有的下場。

☞ 経営者の無能から、この会社は大失敗の始末だ。

因為經營者的無能，讓這間公司落得失敗的下場。

☞ 信用して彼にお金を貸してやったのに、この始末だ。

因為信任而借錢給他，沒想到落得如此下場。

～じゃあるまいし

又不是…

接續

動詞辭書形＋の／ん＋じゃあるまいし

動詞た形＋の／ん＋じゃあるまいし

名詞＋じゃあるまいし

例句

☞ 芸能人じゃあるまいし、そんなあなたの情報なんて誰も欲しがらないよ。

你又不是藝人，沒人會想要你的消息啦。

☞ お化けが現れたのじゃあるまいし、なぜこんなに恐ろしい顔をしているのよ。

又不是有鬼出現，何必露出那麼害怕的表情。

～ずくめ
盡是、完全是

接續

名詞＋ずくめ

例句

☞ 彼女(かのじょ)は赤(あか)ずくめの服装(ふくそう)だった。

她穿著全身紅的衣服。

☞ 大学(だいがく)も合格(ごうかく)したし、友達(ともだち)もできた。いいことずくめです。

大學合格，也交到了朋友。盡是好事。

～ずにはおかない
肯定會…；非…不可

接續

動詞「ない形」＋ずにはおかない

（「する」則變成「せずにはおかない」）

例句

☞ 危(あぶ)ない行為(こうい)なので、禁止(きんし)せずにはおかないでしょう。

因為是很危險的動作，所以不禁止不行吧。

●track 020

☞ 彼女は一流の演出家になるといって家を出た。大変だが、きっと目的を達成せずにはおかないだろう。

她說要成為一流的表演者而離家，雖然會很辛苦，但她一定會達成目的吧。

～ずにはすまない

不…不行

接續

動詞「ない形」＋ずにはすまない
(「する」則變成「せずんはすまない」)

比較

「～ずにはおかない」是表示非做什麼不可的意思，或是一定會如此。

「～ずにはすまない」是表示考量過義務、狀況和常識後，必需要做什麼事。

例句

☞ 悪い種を蒔けば、やがてその刈り入れをせずにはすまない。

自己種下的惡果，不久後總是要遭到報應的。

☞ 検査の結果によっては、早く治療せずにはすまないだろう。

依檢查的結果，不早點治療不行。

（～で）すら
連、甚至

接續

名詞+(で)+すら

例句

☞読書の苦手な私ですら、みんなに読んで欲しい本です。

就連不喜歡讀書的我，都希望大家讀的話。

☞映画を観ない私ですら名前を聞いたことがある有名な方です。

就連不看電影的我都叫得出名字的人。

☞一つの言葉ですら人によって様々な意味にとらえられる。

就算只是一個單字，每個人也會有不同的解釋。

☞小学生でも読めたり書けたりする漢字ですらわかりません。

就連小學生會讀、會寫的漢字都不懂。

～そばから
才剛…就

接續

動詞辭書形＋そばから

●track 021

動詞た形＋そばから

比較

和「端(はし)から」相似。如：「聞(き)く端(はし)から忘(わす)れる。」(剛聽過就忘了)

例句

☞ 言(い)ったそばからまた油断(ゆだん)しちゃった。

才剛講完就粗心沒注意到。

☞ 夫(おっと)に「ちゃんと電気(でんき)を消(け)しておいてよ！」と注意(ちゅうい)したそばから、トイレの電気(でんき)を消(け)し忘(わす)れた。

才提醒過老公「要記得關電燈喔！」，他馬上就忘了關廁所的燈。

●track 022

た行

（ひとり）～だけでなく

不僅是…

接　續

（ひとり）＋動詞普通形＋だけでなく

（ひとり）＋形容詞＋い＋だけでなく

（ひとり）＋形動動詞＋な／である＋だけでなく

（ひとり）＋名詞＋（である）＋だけでなく

例　句

☞ 就職難（しゅうしょくなん）はひとり日本（にほん）だけでなく、世界中（せかいじゅう）においても同様（どうよう）に見（み）られる傾向（けいこう）である。

失業率高（就職困難）並不是只有日本的問題，在全球都有相同的傾向。

☞ いじめは、ひとり学校（がっこう）だけでなく大（おお）きな社会問題（しゃかいもんだい）となっております。

霸凌並只是學校的問題，而是整個社會的問題。

☞ 肥料（ひりょう）の過剰使用（かじょうしよう）は単（たん）に作物（さくもつ）に有害（ゆうがい）なだけでなく、流出（りゅうしゅつ）による水系汚染（すいけいおせん）も招（まね）きます。

肥料的過度使用並不單是對農作物有害，肥料的流出也會導致水污染。

● track 022

～たところで
即使…

接續

動詞た形＋ところで

例句

☞ 時間などいくらあったところで、間違った生き方をすればすぐに使い果たしてしまうものなのです。

即使有再多的時間，若是用錯了生活方式，也會馬上用完。

☞ 周りの人が何を言ったところで、彼は自分の意見を曲げないだろう。

即使別人再怎麼說，他也不會改變自己的想法。

～だに
即使…也；只是…就

接續

動詞辭書形＋だに

例句

☞ 続けていた学習塾のアルバイトは無遅刻、無欠勤を続けていたが、まさかこの仕事を四十歳になっても五十歳になっても続ける、そんなことは考えるだにゾッとした。

在補習班的打工雖然維持著不遲到、全勤，但光是想到難不成這個工作要做到四、五十歲，就覺得很可怕。

☞ 聞くだに恐ろしい悲惨さ。

光是聽就覺得可怕的悲慘程度。

～だに

就連…也

接續

名詞＋だに

例句

☞ 凍りついたかのように微動だにしない猫。

就像結凍一樣動也不動的貓。

☞ ここまでの作品に成るとは想像だにしなかった。

能完成這種高程度的作品是想也沒想到的。

～たりとも

即使…也

接續

名詞＋たりとも

例句

☞ 一日たりとも怠けることは許されぬ。

即使偷懶一天也不被允許。

☞ 無職なので1円たりとも無駄にできない。

因為沒工作，所以即使是1日圓也不能浪費。

～たる

身為

接續

名詞＋たる＋名詞

例句

☞ 首相たるもの、初志貫徹、有言実行でなければならない。

身為首相，就必需要貫徹初衷、言出必行。

☞ 医者たる者は最新の医学の発達についていくべきだ。

身為醫生，就必需要跟上最新醫學的進步。

～っぱなし

置之不理；一直

接續

動詞ます形＋っぱなし

例 句

☞ 一晩中、ラジオをつけっぱなしだった。

一整個晚上都開著收音機。

☞ 長時間座りっぱなしだと病気にかかりやすく、座っている時間が長い人ほど死亡率が高くなるという研究結果が相次いで発表された。

長時間坐著不動容易引發疾病，指出坐著的時間愈久的人死亡率愈高的研究結果，相繼被發表。

☞ テレビやパソコン画面をつけっぱなしにして眠る。

開著電視或電腦的螢幕就去睡。

～つ～つ

一會兒…一會兒…

接 續

動詞1ます形＋つ＋動詞2ます形＋つ

(前後兩個動詞通常是意思相反)

比 較

和「～たり～たり」類似。

例 句

☞ 人波に押しつ押されつ喧騒の町を歩く。

•track 024-025

被人潮一會兒推過來，一會兒推過去，在喧鬧的鎮上走。

☞ 彼はそのリングをためつすがめつ眺めた。

他仔細地端詳著戒指。（「ためつすがめつ」是慣用句，意為「仔細端詳」）

～であれ

就算是…；不管是…

接續

名詞＋であれ

例句

☞ その試合に勝つ人は誰であれ、その賞をもらえます。

不管贏得比賽的人是誰，都可以得獎。

☞ 首相であれ社長であれ、一人で出来ることなど限界がある。

就算是首相、就算是社長，一個人能做的事都有限。

～であれ～であれ

不管是…還是…

接續

名詞1＋であれ＋名詞2＋であれ

● track 025

例句

☞ 世界トップクラスの選手であれば、それが男性であれ女性であれ、気が遠くなるほどの練習量をこなし、想像を絶する痛みや苦しみに耐え抜いてきています。

如果成為世界頂級的選手，不管是男性還是女性，都必需經歷讓人幾乎氣絕的練習，並且忍耐無法想像的疼痛和苦楚。

☞ 有名であれ無名であれ、人にはその人なりに素晴らしい利点が眠っていて、それを人生の過程で自ら開拓していく。

不管是有名還是無名，每個人都有自己的優點潛在體內，在人生的過程中會自我開發出來。

～てからというもの

自從…以後

接續

動詞て形＋てからというもの

例句

☞ 札幌から帰ってからというもの体調不良で毎日がすっきりしません。

自從從札幌回來之後，就因為身體不適每天都很不舒暢。

●track 025-026

☞ 仕事を始めてからというもの、職場の空気が乾燥しているので午後になるとのどが痛くてしかたありません。

自從開始工作後，因為工作場所的空氣很乾燥，所以到了下午喉嚨就會開始痛得不得了。

～(で)すら

連…

接續

名詞＋ですら

例句

☞ 現代人の生活パターンから考えると、6時間の睡眠時間ですら確保するのは難しいです。

以現在人的生活模式來看，連要保持6個小時的睡眠都很難。

☞ 頭が痛くてベッドから立ち上がることすらできなかった。

因為頭很痛，所以就連從下床站起來都辦不到。

～でなくてなんだろう

不是…的話那是什麼呢

接續

名詞＋でなくてなんだろう

例 句

☞ これこそ証拠(しょうこ)でなくてなんだろう。

這不是證據是什麼呢？

☞ これが惨劇(さんげき)でなくてなんだろう。

這不是慘劇是什麼呢？

～でなくてなんであろう

不是…的話那是什麼呢

接 續

名詞＋でなくてなんであろう

比 較

和「～でなくてなんだろう」相同

例 句

☞ 欲望(よくぼう)を断(た)ち切(き)るのが改革(かいかく)でなくてなんであろう。

斷絕欲望這件事，不是改革是什麼呢？

～ではあるまいし

又不是…

接 續

動詞辭書形＋の／ん＋ではあるまいし

動詞た形＋の／ん＋ではあるまいし

名詞＋ではあるまいし

比　較

和「～じゃあるまいし」相同。

例　句

☞ もう子供(こども)ではあるまいし、バカなことはやめよう。

又不是小孩了，別做傻事。

☞ 真夏(まなつ)ではあるまいし、裸(はだか)で外(そと)を歩(ある)くのはやめて下(くだ)さい。

又不是盛夏，不要光著身子在外面走。

☞ 披露宴(ひろうえん)に出席(しゅっせき)するのではあるまいし、そんな大(おお)げさな格好(かっこう)は要(い)りません。

又不是要出席婚禮，不必穿得那麼盛重。

☞ 子供(こども)ではあるまいし、暗(くら)い所(ところ)が怖(こわ)いなんて、おかしいですね。

又不是小孩，怎麼還會怕黑，真奇怪。

～てやまない
衷心地

接　續

動詞て形＋やまない

例 句

☞ 司法制度が一日も早く、利用しやすく国民の期待と信頼に応えるものとなることを衷心より切望してやまない。

我衷心地渴望，司法制度可以早日成為符合國民期待和信賴，並且便於使用的制度。

☞ 子供が立派な社会人として成長するような環境ができ上ることを祈ってやまない。

衷心祈禱能建立，能讓孩子成為有用的社會人士的成長環境。

☞ 日本を愛してやまない。

衷心深愛日本。

～と相まって

和…一起

接 續

名詞＋と相まって

例 句

☞ 女達の衣の色は夕焼けの輝きと相まってより一層に美しく見える。

女人們衣服的顏色和夕陽的光輝相映在一起，看起來更加美麗。

• track 027

☞宮島の景色は海の青い色と山の緑が相まって美しい。

宮島的景色因為海的藍和山的綠相襯，而變得美麗。

☞努力と運が相まって優勝できた。

因為有努力再配合運氣，所以可以得到優勝。

～とあって

由於…

接 續

動詞普通形＋とあって

形容詞＋い＋とあって

形容動詞＋とあって

名詞＋とあって

例 句

☞日本のスターが来るとあってたくさんの人が見に来ている。

由於有日本的明星前來，所以有很多人來看。

☞5星のホテルとあってサービスは素晴らしい。

由於是5星級的飯店，所以服務很棒。

•track 028

～とあれば
如果是…

接　續

動詞普通形＋とあれば

形容詞＋い＋とあれば

形容動詞＋とあれば

名詞＋とあれば

例　句

☞ 彼女の両親が来るとあれば、部屋をきれいにしなければならない。

如果是女友的父母要來，那麼房間不整理乾淨可不行。

☞ 太っているとあれば、相撲にはいいことだ。

如果胖的話，對相撲運動來說是好事。

☞ もし必要とあれば、自分の生活費を貸してやってもよいと思っている。

如果需要的話，把我的生活費借給你也可以。

☞ この美しさで病気にも強いとあれば、これ以上のバラはありません。

這麼漂亮又不怕病蟲害，沒有比這個更好的玫瑰了。

☞ 安くて丈夫とあれば絶対売れます。

如果又便宜又堅固的話，絕對會大賣。

～といい～といい
不管…還是…

接　續

名詞1＋といい＋名詞2＋といい

比　較

和「～も～も」、「～といわず～といわず」同義。

例　句

☞ 色(いろ)といい形(かたち)といいすばらしい。
不管是顏色還是形狀，都很出色。

☞ 田中(たなか)といい、山田(やまだ)といい、営業(えいぎょう)の人(ひと)たちはろくな注文(ちゅうもん)を取(と)ってこない。
不管是田中，還是山田，營業部的同仁都不拿些好訂單回來。

☞ 彼(かれ)は容姿(ようし)といい服装(ふくそう)といいパッとしないわ。
不管是他的模樣，還是他的服裝，都很不起眼。

～というところだ
差不多(在…的程度)

接　續

動詞辭書形＋というところだ

●track 029

名詞＋というところだ

例句

☞ 幸いにも病状はまずまずというところだ。

不幸中的大幸是病情不會嚴重。

☞ 発表会の作品は、初心者にしてはまあまあできたというところだろう。

發表會的作品，以初學者來說，算是還可以的程度。

☞ 春節の連休といっても、毎日近所の家へ新年の挨拶に出かけるというところだ。

說是春節的連假，但也不過是每天到鄰居家打招呼的程度。

☞ 月給は30万円というところだ。

薪水是30萬左右的程度。

☞ 2位を狙いたいところだったが、ジャンプでの失敗もあって、今回は3位に落ち着いたというところだ。

本來想拿到第2名的，但在跳躍的地方失敗了，所以這次差不多只能拿到第3名。

～といえども

雖然說…

接續

●track 029-030

動詞普通形＋といえども

形容詞＋い＋といえども

形容動詞＋といえども

名詞＋といえども

比較

和「～けれども」、「～ても」同義。

例句

☞首相（しゅしょう）といえども法律（ほうりつ）は守（まも）らなければなりません。

雖然說是首相，也必需遵守法律。

☞如何（いかん）に強大（きょうだい）な精神（せいしん）や力（ちから）といえども知性（ちせい）なくしては「無（む）」に等（ひと）しい。

無論有多強大的精神和力量，如果沒有知性的話，就等於什麼都沒有。

☞千万人（せんまんにん）といえども我往（われゆ）かん。

雖千萬人吾往矣。

☞裁判所（さいばんしょ）といえども道理（どうり）を超（こ）えてはなりません。

就算是法院，也不可以違背道理。

～といったところだ

差不多(在…的程度)

接續

●track 030

動詞辭書形＋といったところだ

名詞＋といったところだ

比較

和「～というところだ」相同。

例句

☞ 幅(はば)は二(に)フィート、高(たか)さは二(に)フィート半(はん)といったところだ。

差不多寬2呎，高2.5呎。

☞ この車(くるま)は高(たか)くても五百万円(ごひゃくまんえん)といったところだろう。

這部車再貴也差不多是五百萬日圓的程度。

☞ 両者(りょうしゃ)の勢力(せいりょく)は伯仲(はくちゅう)していて、ほぼ互角(ごかく)ってところだ。

兩邊的勢力相當，幾乎是勢均力敵的程度。

☞ 彼(かれ)は指導者(しどうしゃ)というより、全体(ぜんたい)のまとめ役(やく)といったところだ。

說他是指導者，不如說他應該是整合全體的人物。

☞ 彼(かれ)の成績(せいせき)はクラスで上(じょう)の中(ちゅう)といったところだ。

他的成績約是班級裡中等程度。

☞ 留学生(りゅうがくせい)のアルバイトだったら、まあ時給(じきゅう)は700円(えん)から1000円(えん)といったところだ。

如果是留學生打工的話，時薪大約是700～1000日圓的程度。

•track 030

～といったら(ありはし)ない
非常；至極

接續

動詞普通形＋といったら（ありはし）ない
形容詞＋い＋といったら（ありはし）ない
形容動詞＋だ＋といったら（ありはし）ない
名詞＋だ＋といったら（ありはし）ない

例句

☞ 春(はる)の桜(さくら)は美(うつく)しいといったらありはしない。
沒有比春天的櫻花更美的了。

☞ ばかばかしいといったらありはしない。
愚蠢至極。

☞ この仕事(しごと)は毎日毎日(まいにちまいにち)同(おな)じことの繰(く)り返(かえ)しだ。つまらないといったらない。
這工作每天都一直重複同樣的事。真是無聊至極。

☞ 仕事(しごと)のために徹夜続(てつやつづ)きで疲(つか)れるといったらない。
為了工作每天熬夜，疲勞至極。

～と思(おも)いきや

原以為…沒想到…

接續

動詞普通形＋と思いきや

形容詞＋い＋と思いきや

形容動詞＋と思いきや

名詞＋と思いきや

例句

☞ くまと思(おも)いきや、人間(にんげん)が現(あら)われたのです。

原以為是熊，沒想到出現了人。

☞ 昼間(ひるま)だから絶対込(ぜったいこ)んでいると思(おも)いきや、一人(ひとり)もいなかった。

因為是白天，本以為會很多人，沒想到一個人都沒有。

☞ このレストランは安(やす)いと思(おも)いきや、会計(かいけい)は5千円以上だった。

原以為那家餐廳很便宜，沒想到結帳時要5千日圓。

☞ 子供(こども)のおもちゃと思(おも)いきや大人(おとな)も使(つか)える性能(せいのう)に驚(おどろ)く。

原以為是小孩的玩具，沒想到具備了大人也能用的機能，真是驚訝。

●track 031

～ときたら

說起…

接續

名詞＋ときたら

例句

☞ うちのバカ息子ときたら、大学を卒業しても就職しないでゲームばかりしている。

說起我家的笨兒子，大學畢業了也不找工作，成天只會玩電動遊戲。

☞ このコピー機ときたらよく故障する。取り替えた方がいいと思う。

提到這台影印機，常常故障。最好換一台。

☞ 近頃若者の間で流行っている小説ときたら、必ず主人公やその恋人が死んでおしまいです。

提到最近年輕人流行的小說，一定是以主角或主角的情人過世作結束。

～ところを
剛好…的時候；正在…的時候，卻…

接　續

動詞辭書形＋ところを

動詞た形＋ところを

形容詞＋い＋ところを

形容動詞＋な＋ところを

名詞＋の＋ところを

比　較

「ところ」的接續方式：

正要做的時候：

動詞辭書形＋ところ

動詞意志形＋としているところ

動詞意志形＋としたところ

正在做的時候：

動詞＋ているところ

剛完成的時候：

動詞た形＋ところ

形容詞＋い＋ところ

形動動詞＋な＋ところ

名詞＋の＋ところ

• track 032

例 句

☞ 友達と喧嘩しているところを写真に取られた。

和朋友吵架時，被拍了照。

☞ お忙しいところをお邪魔して、申し訳ありません。

在百忙之中還來打擾，真是抱歉。

～としたって
即使…也還是

接 續

動詞普通形＋としたって

形容詞＋い＋としたって

形容動詞＋としたって

名詞＋としたって

例 句

☞ 彼はどんなに野球が得意としたって、素人の域から出ていないよ。

他就算再怎麼會打棒球，也脫離不了門外漢的程度。

☞ いくら俺をだまそうとしたって、もうその手に乗らない。

就算再怎麼騙我，我也不會上當了。

☞ いくら逃げようとしたって、今度は放しませんよ。

不管你再怎麼想逃，這次我是不會放過你的。

☞ いくら思い出そうとしたって、もう駄目なんだ。あたしは記憶を失ってしまうの。

不管再怎麼想，都想不起來。我已經失去記憶了。

☞ 先生だとしたって、間違えることはある。

就算是老師，也有犯錯的時候。

☞ 明日地球が滅びるとしたって私はやりたい事がある。

就算明天地球就會滅亡，我也會做想做的事。

～としたところで

即使…也還是…

接　續

動詞普通形＋としたところで

形容詞＋い＋としたところで

形容動詞＋としたところで

名詞＋としたところで

比　較

和「～にしたところで」、「～としたって」、「～にしたって」用法相同。

● track 033

例句

☞ 一年間練習(いちねんかんれんしゅう)するとしたところで、今回(こんかい)の試合(しあい)には勝(か)てないだろう。

即使是練習了一年，這次比賽應該還是贏不了。

☞ 彼女(かのじょ)のテニスが上手(じょうず)としたところで、プロにはかなわないだろう。

即使她網球打得很好，也不可能贏得了職業選手。

～とは
沒想到會是…

接續

動詞普通形＋とは

形容詞＋い＋とは

形容動詞＋とは

名詞＋とは

例句

☞ こんな失礼(しつれい)なことを言(い)うとは、我(われ)ながら情(なさ)けない。

沒想到說了這麼失禮的話，我真是覺得不好意思。

☞ もう6月(がつ)だというのに、こんなに暑(あつ)いとはね。

就算已經6月了，但也沒想到會這麼熱。

☞ ハンバーガー一つで1700円とは、いくらなんでも高すぎる。

沒想到一個漢堡要價1700，再怎麼說也太貴了。

～とはいえ
雖說…

接續

動詞普通形＋とはいえ

形容詞＋い＋とはいえ

形容動詞＋とはいえ

名詞＋とはいえ

比較

和「～といっても」同義。

例句

☞ 故郷とはいえ未知の土地へ来たと同じであった。

雖然是故鄉，但就和來到陌生的地方一樣。

☞ 彼は不満らしい。とはいえ、全く反対でもない。

他好像很不滿。雖然如此，卻完全不反對。

☞ 長いこと病床にあるとはいえ、彼はまだ気を落としてはいなかった。

雖然長年臥床，他但仍然沒有灰心喪志。

●track 034

☞ 今年の就職は厳しいとはいえ、明るさも見える。

雖然今年就業不易，但仍可看見希望。

～とばかりに
表現出…的樣子

接續

動詞普通形＋とばかりに

動詞命令形＋とばかりに

形容詞＋い＋とばかりに

形容動詞（＋だ)＋とばかりに

名詞（＋だ)＋とばかりに

例句

☞ 年末に向けて，チャンスとばかりに各デパートは福袋商戦を始めました。

針對年末展現出許多商機，各百貨開始了福袋商戰。

☞ ぼくの大好きな彼女がやっと彼氏と別れた。チャンスとばかりに，デートを申し込んだ。

我喜歡的女生終於和她男友分手了。趁著這個機會，約她出去。

☞ 妻は余計な質問はするなとばかりに私ににらみつけた。

妻子瞪著我，好像在說：別多問。

☞あの俳優が舞台に登場すると、「待ってました！」とばかりに大きな拍手が起こった。

那位男演員登上舞台後，響起了如雷的掌聲，好像在說：我們期待很久了。

☞学生たちは、信じられないとばかりに、口を開けたまま彼を見つめていた。

學生們好像不相信似的，張著嘴巴看著他。

～ともなく
無意識地…

接續

動詞辭書形＋ともなく

例句

☞ゴロゴロしながら見るともなく外を見ると、田中先生がいました。

無所事事的時候無意識地看了外面一眼，發覺田中老師在外面。

☞待つこともなく父が現れた。

並沒有刻意等但父親出現了。

☞見るともなくぼんやり外を見ていたら、不意に大きな鷹が飛んできた。

無意識地看著外面發呆，突然有隻大老鷹飛來。

•track 035

☞ 散歩をしているうちに来るともなくデパートまで来てしまった。
散步中無意間來到了百貨公司。

☞ どこからともなくいい匂いが漂ってきた
不知從何處飄來了香味。

☞ 誰ともなく豪雨の被災者のためにボランティア活動をしようと言い始めた。
並沒有人刻意提起，大家就開始說要從事幫助豪雨受害者的志工活動。

～ともなしに
無意識地…

接 續

動詞辭書形＋ともなしに

比 較

和「～ともなく」相同。

例 句

☞ ベンチに座って、本を読んだり、人を待つともなしに待っていたりする。
坐在長椅上，一會兒讀著書，一會兒有意無意地等著人。

☞ 彼は彼女たちの会話を聞くともなしに聞いていた。

他無意地聽著她們的對話。（她們的對話自然地進到他的耳朵）

☞電車の中で聞くともなしに隣の女子高校生たちの話を聞いていた

在電車裡沒有刻意聽，但聽到旁邊女高中生們的對話。

☞見るともなしにファイルをめくる。

無意地翻著文件。

☞見るともなしに見る。

無意地看。

～ともなると

一旦…

接續

動詞辭書形＋ともなると

名詞＋ともなると

例句

☞2月ともなると、14日のバレンタインデーのこともあって若者の心が恋で盛り上がる。

一旦到了2月，因為有14日的情人節，年輕人的心情都因愛情而沸騰起來。

☞大学へ進学するともなると、研究、バイト、サークルなど、人それぞれのライフスタイルができてくる。

一旦上了大學，做研究、打工、玩社團等等，每個人都有不同的生活方式。

☞ 紅葉(こうよう)の季節(きせつ)ともなると、この公園(こうえん)おおぜいの人(ひと)でにぎわう。

一旦到了楓紅的季節，這個公園就會因人潮而變得熱鬧。

☞ 月末(げつまつ)ともなると、本業(ほんぎょう)のウェディングのアルバム製作(せいさく)も突然(とつぜん)あわただしくなる。

一旦到了月底，我的本業結婚紗相簿的製作就會突然變得很忙亂。

☞ この公園(こうえん)は冬(ふゆ)の間(あいだ)はさびしい限(かぎ)りだが、春(はる)ともなると桜(さくら)の花(はな)が咲(さ)き、花見客(はなみきゃく)でにぎわうようになる。

這個公園在冬天時很冷清，但一旦到了春天，櫻花盛開，賞花客就會讓這裡熱鬧起來。

～ともなれば

一旦…

接 續

動詞辭書形＋ともなれば

名詞＋ともなれば

比 較

和「～ともなると」相同。

●track 037

例 句

☞日曜日ともなれば人で賑う公園で野球もしくはサッカーをやっている。

一旦到了星期日，公園就會聚集著很多人在打棒球或是踢足球。

☞観光シーズンともなれば混雑する駅も冬ともなれば静かに佇んでいる。

一旦到了觀光季節就人滿為患的車站，到了冬天就變得安靜孤單。

☞夏休み明けともなれば誰が一番よく遊んで日焼けしたか、その色の黒さが話題になった。

一旦到了暑假結束（開學第一天），誰玩得最凶、晒得最黑這件事，就會變成大家的話題。

☞梅雨ともなれば毎日ジメジメしていやな感じになります。

只要一到了梅雨季，每天就會變得濕答答的。

●track 037

な行

～ないではおかない
一定要…

接續

動詞ない形＋ないではおかない

比較

和「～ずにはおかない」相同。

例句

☞ 今度こそ、本音を言わせないではおかないぞ。

這次我一定要說出真心話。

☞ 刑事はこの事件の犯人を逮捕しないではおかないと言っている。

警察們說要一定要逮捕這次事件的犯人。

☞ こんな失礼なことをされたのだから、絶対に謝らせないではおかない。

遇到了這麼無禮的事情，絕對要對方道歉。

☞ 毎日遅刻しているのだから、注意しないではおかない。

因為每天都遲到，一定要給些警告。

• track 038

～ないではすまない
不…不行

接續

動詞ない形＋ないではすまない

比較

和「～ずではすまない」相同。

例句

☞ お金がないが家賃を払わないではすまない。
雖然沒錢，但不能不付房租。

☞ 学校に行きたくないが行かないではすまない。
雖然不想去學校，但不能不去。

☞ 大学生はそのような文学作品が知らないではすまない。
大學生不能不知道那一類的文學作品。

～ないまでも
雖然不…

接續

動詞ない形＋ないまでも

例句

• track 038-039

☞ 今回の大会は大成功とは言えないまでも、それなりの成果をもたらした。

這次大會雖稱不上是很成功，但也有一定程度的成果。

☞ 彼の作品は決して多くないまでも、その質は非常に高い。

他的作品雖然稱不上多，但水準都很高。

☞ あの人が犯人だと断定できないまでも、いろいろと怪しいところがある。

雖然不能斷定那個人是犯人，但是的確有可疑之處。

☞ この絵は完璧とは言えないまでも、季節を感じさせる作品だった。

這幅畫雖稱不上是完美，但是能讓人感覺到季節感的作品。

☞ 仕事がないまでも、せめてメールくらいはしてほしい。

雖然工作的事做不好，但希望你至少可以發發電子郵件。

～ないものでもない

未必不…

接　續

動詞ない形＋ないものでもない

比較

與「～ないこともない」相同。

例句

☞ まだまだあきらめるのは早(はや)い。誠意(せいい)を持(も)って話(はな)せば、通(つう)じないものでもない。

現在放棄還太早。有誠意的話，說不定說得通。

☞ 記者会見(きしゃかいけん)の司会(しかい)、彼女(かのじょ)はいやだ、いやだって言(い)ってたけど、目立(めだ)ちたがりやの彼女(かのじょ)のことだから、ひょっとしたら引(ひ)き受(う)けないものでもない。

當記者會主持人的事，她雖然說不要。但愛出鋒頭的她，最後說不定會接受。

☞ 難(むずか)しいけれど、何(なん)とか努力(どりょく)すれば、できないものでもないだろう。

雖然很難，但要是努力一下，並非辦不到。

～ながらに

一邊…一邊…

接續

動詞ます形＋ながらに

名詞＋ながらに

例句

●track 039

☞世界中のすべての人は生まれながらに平等である。

世上的每個人都是生而平等。

☞彼女は生まれながらに知性と才能に恵まれていた。

她有與生俱來的知性和才能。

☞彼は生まれながらにしてさまざまな才能に恵まれていた。

他與生俱來各種才能。

☞インターネットを活用すれば、家に居ながらにして世界中の最新情報が手に入る。

若能活用網路，在家的同時也能得到世界上的最新情報。

☞彼女は涙ながらに心境を語った。

她一邊流著淚，一邊說明自己的心境

☞いつもながらの心遣いに、心から感謝を申し上げます。

由衷感謝您一直以來的用心。

☞昔ながらのやり方。

從以前就沿襲下來的做法。

～なくして（は）

如果沒有…

接續

名詞＋なくして（は）

例句

☞ 忍耐（にんたい）なくしては達成（たっせい）できない。

不忍耐就不能達成。

☞ 努力（どりょく）なくして成功（せいこう）なし。

不努力就不會成功。

☞ 苦労（くろう）なくしては、誰（だれ）も成功（せいこう）することはできない。

若是沒經過辛苦努力，誰都不可能成功。

☞ 山田先生（やまだせんせい）なくしては今（いま）の私（わたし）は存在（そんざい）しなかったであろう。

沒有山田老師，就沒有今天的我。

～なしに（は）

如果沒有…

接續

名詞＋なしに（は）

例句

☞ 努力なしには何事も成し遂げられない。

不努力什麼事都做不成。

☞ お酒なしには一日も過ごせない、と彼は言う。

他說沒酒的話就沒辦法好好過一天。

☞ 彼は何の許可もなしに事務所のパソコンを勝手に使ってた。

他未經任何許可就擅用公司電腦。

☞ 彼女なしには解決できないことだ。

少了她就無法解決的事。

☞ 飛行機は助走なしには飛べない。

飛機沒有助跑就不能飛。

～ならでは
只有…才有的

接續

名詞＋ならでは

比較

和「～だけにある」、「～だけができる」相同。

例句

☞ あの人ならではこのような文章を書ける。

只有那個人才寫得出這種文章。

•track 041

☞ あの人ならではこの仕事はできる。

只有那個人才能勝任這個工作。

☞ こんな美味しい料理はうちの妻ならではのものです。

這麼好吃的菜只有我太太做得出來。

☞ こんな新しい発想はあのプロデューサーならではのものです。

這麼創新的想法只有那個製作人才想得出來。

☞ この図書館には、この大学ならではの充実した資料が揃っている。

這座圖書館，有著只有這間大學才有辦法收集齊全的資料。

～なり
—…馬上就…

接續

動詞辭書形＋なり

比較

和「~が早いか」、「～や」、「~や否や」、「～たとたんに」相同。

例句

☞ 彼女は帰ってくるなりお風呂も入らずに寝てしまいました。

她一回來連澡都沒洗就睡了。

☞ 彼(かれ)はドアを開(あ)けるなり、靴(くつ)をはいたまま部屋(へや)に入(はい)ってきた。

門一開他就穿著鞋進到房間來。

☞ パーティー会場(かいじょう)に入(はい)るなり、彼(かれ)は食(た)べ物(もの)めがけて突進(とっしん)した。

他一進到派對會場，就馬上去拿食物。

☞ ファンは、あのアーティストがビルから出(で)るなり、彼(かれ)にサインを求(もと)めた。

當那位歌星一從大樓裡出來，歌迷們就馬上向他索取簽名。

☞ 部屋(へや)に入(はい)るなり、父(ちち)は突然怒(とつぜんおこ)ったような口調(くちょう)で話(はな)しはじめた。

父親一進到房間就生氣的口氣開始說話。

☞ 入(はい)ってくるなり、彼女(かのじょ)は倒(たお)れた。

她一進來就倒下了。

～なり～なり

…也好…也好

接　續

動詞辭書形1＋なり＋動詞辭書形2＋なり

名詞1＋なり＋名詞2＋なり

比　較

和「～でも～でも」、「～するか～するかして」相同。

例句

☞ ケーキなりクッキーなり、お好きなものをどうぞ。

不管是蛋糕也好、餅乾也好，盡管吃喜歡的東西。

☞ 君が来るなり，僕が行くなりしなくてはならない。

不是你來，就是我去。

☞ 仕事ばかりしていないで、たまには旅行に行くなりスポーツをするなりして、気分転換をしたらどうですか。

不要老是忙著工作，偶爾也去旅行或是運動一下，轉換一下心情如何呢？

☞ 風邪を引いたのなら、薬を飲むなり何なりすればよかったのに。

如果感冒了，可以吃藥或是做些應對措施，不是很好嗎。

☞ うろうろ探しまわらないで、交番で聞くなりすれば良かったのに。

不要一個人盲目亂找，直接問警察不是很好嗎。

☞ 英語なり中国語なり、なんか外国語を身につけたい。

英文也好，華語也行，總之想要精通外語。

● track 042-043

～なりに
與…相應的

接續

名詞＋なりに

比較

和「～なりの」相同。

相似句：「～**それなりに**」雖然不完全，但也相應。

例句

☞ 芸術家は芸術家なりに自分の世界を持っているものだ。

藝術家有藝術家自己的世界。

☞ そうなら、それなりにやってみてください。

如果這樣的話，就請照那樣做吧。

☞ 私は私なりに人生観を持っています。

我有我自己的人生觀。

～なりの
與…相應的

接續

名詞＋なりの

●track 043

比　較

和「～なりに」相同。

例　句

☞ 金持ちには金持ちなりの悩みがある。

有錢人有有錢人的煩惱。

☞ 学生には学生なりの力で出来ることが必ずあります。

學生們一定有靠學生的力量能做的事。

☞ 社会人には社会人なりの勉強法があります。

社會人士有社會人士學習的方法。

☞ 若者には若者なりのやり方がある。

年輕人有年輕人的做法。

～に（は）あたらない

犯不著…

接　續

動詞辭書形＋に（は）あたらない

名詞＋に（は）あたらない

比　較

和「～に（は）及ばない」、「～～に（は）適さない」相同。

例　句

● track 043-044

☞ 何(なに)も驚(おどろ)くにはあたらない。

犯不著這麼驚訝。

☞ 中国語(ちゅうごくご)とチベット語(ご)にはもともと系統関係(けいとうかんけい)があるのだから、似(に)ていても驚(おどろ)くにはあたらない。

華語和西藏語本來就有系統上的關係，就算說很像也不用驚訝。

☞ 騒(さわ)ぎが大(おお)きくなればなるほどいいのがマスコミだから、彼(かれ)が騒(さわ)ぎ立(た)てたからといって非難(ひなん)するにはあたらない。

媒體總是希望騷動愈大愈好，就算他引起騷動也沒什麼好責怪的。

☞ 政治(せいじ)さえしっかりしてくれれば、まだまだ日本(にほん)の国(くに)も捨(す)てたものではなく、もちろん嘆(なげ)くにはあたらないものがある。

要是政治狀況能好的話，日本還是有救的國家，也不需要為它嘆息。

～にあって

在…的狀況下，所以

接 續

名詞＋にあって

例 句

●track 044

☞この異国の地にあって様々なものを身近に感じておる。

因為身在異鄉，所以許多事都有更切身的感受。

☞その人の所属部門は、非常に不利な立場にあって、今後の方針を決める会議へ出席しなければならない。

那個人所屬的部門處於劣勢，所以接下來的決策會議，他一定要出席。

☞教師という職にあって、人の良いところを伸ばすという大切な役割をもっていながら良いところをおさえてしまったのではないかと反省しています。

因為身為教師，具有發掘人的長處的重要責任，但同時是否也壓抑了人的缺點呢？我深自反省著。

☞あの時代にあって、あれだけの完成度の作品を世に送り出せたのだと思う。

覺得已經拿出了在這個時代，符合當下的完美作品。

～に至って（は）

到了…階段才；到達…（極端）的地步

接續

動詞辭書形＋に至って(は)

名詞＋に至って(は)

●track 044-045

比　較

「～に至る」：到…的地步（陳述客觀事實）

例　句

☞ 未だに成功に至っていない人。

現在還未成功的人。

☞ パソコンの買い替えするに至って、むだのない上手な購入方法を教えて下さい。

電腦到了該換的地步了，請教我最精打細算的購買方法。

☞ 近年、研究者は以前にもまして激しい競争の中に置かれており、データの捏造、改ざんなどの研究上の不正行為が国内外の研究機関で生じ社会問題化するに至っている。

近年來，學者們被置於比以前更激烈的競爭中，因而有資料的捏造、篡改等研究上的不法行為，在國內外的研究機關裡發生，已經演變成社會問題的程度。

～に至っても

甚至…也…

接　續

動詞辭書形＋に至っても

名詞＋に至っても

例　句

☞ この報告書は原子炉停止のあり方を提言しているが、武力攻撃予測事態に至っても「運転停止準備に着手する」としていて、停止命令は発出されない。

這份報告書雖然提到了原子爐停止運轉的方法，但即使到了有武力攻擊的預出現，都還只是說「開始準備停止運轉」，而不是發出停止的命令。

☞ 株価がここまで下落するに至っても、彼はまだあきらめていないらしい。

股價都已經跌到這麼低了，他好像還不打算放棄。

☞ この場に至ってもまだ自らの罪を自覚しない。

已經到了這個地步，還沒覺悟自己的罪過。

～に至る

到達…的地步；到達…

接　續

動詞辭書形＋に至る

名詞＋に至る

例　句

☞ この道は公園に至る。

這條路通到公園。

●track 045-046

☞ 大事(だいじ)に至(いた)る前(まえ)に整備(せいび)する事(こと)も大事(だいじ)だ。

在發生嚴重事態之前準備好，也是很重要的。

～に至(いた)るまで
甚至於…

接　續

名詞＋に至るまで

比　較

「～に至るまで」是與例極端的例子，強調事情的程度程度已不可忽視。

例　句

☞ 鹿児島(かごしま)から北海道(ほっかいどう)に至(いた)るまで雨(あめ)です。

從鹿兒島到北海道都是雨天。

☞ 頭(あたま)から足先(あしさき)に至(いた)るまでのほぼ全身(ぜんしん)がびしょびしょだ。

從頭到腳，全身都濕了。

☞ 大都市(だいとし)の学校(がっこう)はもちろんのこと、山村(さんそん)の小(ち)さな分校(ぶんこう)に至(いた)るまで、統一(とういつ)されたカリキュラムで教育(きょういく)が行(おこな)われている。

大都市的學校是當然的，就連山裡的小學校，都依統一的課程大綱教學。

～にかかわる
攸關…

● track 046

接　續

名詞＋にかかわる

例　句

☞ ああいう行動はあなたの名誉にかかわる。
那種行動關乎你的名譽。

☞ こういう行為は君の信用にかかわる。
那種行為關乎你的信用。

☞ これは私の名誉にかかわる問題だ。
這是關乎我名譽的問題。

☞ それは生死にかかわる問題だ。
那是攸關性命的問題。

☞ よく注意して運転しないと、命にかかわるよ。
不小心駕駛的話，會喪命喔。

☞ 水分を摂取することは大部分の動物にとって命にかかわることである。
攝取水分這件事對大部分的動物來說，都是攸關性命的。

☞ 命にかかわるような病気ではありません。
這病不致於造成生命威脅。

～に限らず

不限於…還有

● track 046-047

接續

名詞＋に限らず

例句

☞ あの人は、テニスが上手だが、テニスに限らず、スポーツなら何でもできる。

那個人網球打得很好，但不只是網球，只要是運動都很厲害。

☞ スポーツに限らず、どんなことでも努力が大切だ。

不只是運動，做任何事情時努力都很重要。

☞ 今度のことに限らず、あの人は何をやってもだめだ。

不只是這一次，那個人不管做什麼都不行。

～にかたくない

不難…

接續

動詞辭書形＋にかたくない

名詞＋にかたくない

例句

☞ 彼の失望は想像にかたくない。

他的失望不難想像。

•track 047

☞ 彼の両親の喜びは、察するにかたくない。

他父母的欣喜之情，不難察覺。

☞ 全然勉強しない彼が卒業できないことは想像にかたくない。

完全不用功的他，不難推測他畢不了業。

～に関して（は／も）

有關…

接續

名詞＋に関して（は／も）

比較

和「～に関する」相同，但「～に関する」後面接名詞。

本句型意思約等同於「～について」

例句

☞ 最近不景気に関してニュースがよく新聞に出ています。

最近關於不景氣的新聞經常在報上出現。

☞ このことに関してまたあなたに電話するよ。

關於這件事，我會再打電話給你。

☞ この文書に関して、訂正、追加がありましたらお願いします。

關於這份文件，如果有需要訂正、追求的話請不客指教。

☞ この件に関して、まったくお役に立てなくてすみません。

關於這件事，我什麼忙都幫不上。

☞ この件に関して何も言えません。

關於這件事我什麼意見都沒有。

☞ 今回のプロジェクトに関してはあなたの意見に賛成です。

關於這次的計畫，我贊成你的意見。

～にしたって
即使…也還是…

接 續

動詞普通形＋にしたって

形容詞＋い＋にしたって

形容動詞＋にしたって

名詞＋にしたって

比 較

和「～としたって」相同。

例 句

☞ 部屋を借りるにしたって都内ではとても高くて、不可能だ。

就算想租房子，東京市內也太貴了，不可能租得起。

☞ 何にしたって中途半端な事はしたくなかった。

不管怎麼說，都不想半途而廢。

～にしたところで
即使…也還是…

接　續

動詞普通形＋にしたところで

形容詞＋い＋にしたところで

形容動詞＋にしたところで

名詞＋にしたところで

比　較

和「～としたって」、「～にしたって」相同。

例　句

☞ 彼女は日本語を10年も勉強しているが、その彼女にしたところで、まだ分からない文法に時々出くわすそうだ。

她已經學了10年日語，就連她有時都還有不懂的文法。

☞ 先生にしたって、その問題については、どうしたらいいかわからない。

就算是老師，遇到那個問題，也不知如何是好。

•track 048

～にして
只有…才；就連…

接續

名詞＋にして

例句

☞ 科学者にして出来ること。

只有科學家才辦得到的事。

☞ ８０歳にして社長はいまだに驚くほど元気である。

就算80歲了，社長還是健康得讓人驚訝。

☞ これは長年経験を積んだ彼のような人にして初めてできる技だ。

這是像他這種有長年經驗累積的人，才辦得到的技巧。

～にして
是…同時也是…

接續

名詞＋にして

例句

☞ 彼女は英語の先生にして大学院の学生でもあ

る。

她是英語老師，同時也是研究所學生。

～に即(そく)した
根據；按照

接續

名詞＋に即した

比較

「～に即した」後面只接名詞。

意思和「～に即して（は／も）」相同。

例句

☞ 新(あら)たな時代(じだい)に即(そく)した勉強(べんきょう)をしなくてはいけない。

不迎合新時代學習不行。

☞ プロとして現実(げんじつ)に即(そく)した解決策(かいけつさく)を提示(ていじ)します。

以專家的角度，依實際狀況提出解決的方法。

☞ 地域(ちいき)の状況(じょうきょう)に即(そく)した道路整備(どうろせいび)を行(おこな)う。

依地區的狀況，進行道路的整修。

～に即(そく)して
根據；按照

●track 049

接 續

名詞＋に即して

比 較

和「～に応じて」（依…）意思雖相近，但用法不同：

「～に応じて」：前面接表示程度的名詞，如：長さ、成績、金額、值段、能力…

例 奨学金の給付金額は、試験の成績に応じて決定します。（奬學金的給付金額是依成績而決定的）

「に即した」：前面接不表示程度的名詞，如：法律、晴雨、上手下手、賛否…

例 違反者は、法律に即して処分されます。（違反者，將依法律給予懲治）

例 句

☞ 状況に即して、考えたり行動することが大切だ。

依狀況來思考、行動，是很重要的。

☞ 歯磨きやトイレトレーニングや食事のしつけなど、生活習慣に即しているので、子供達は、トレーニングだと思わず、遊びながら学んでいくことができます。

刷牙、上廁所、吃飯等生活教育，因為是依生活習慣而做的，所以孩子們不會以為是訓練，而是一邊玩一邊學習。

☞ この本は事実に即して書かれたものだ。

這本書是依事實寫成的。

☞ 今回の試合は、新しいルールに即して採点を行う。

這次的比賽是依新規則計分。

☞ 現実に即して物事を考える。

依據現實思考事情。

☞ 裁判は法律に即して公正に行われ、犯人に無期の判決を下した。

審判依法律公正執行，給犯人無期徒刑的判決。

～にたえない

不堪…；不值得…

接　續

動詞辭書形＋にたえない

例　句

☞ その恐ろしい光景は見るにたえなかった。

那駭人的情景讓人不忍卒睹。

☞ 彼らの窮状は見るにたえない。

他們的窮困狀態讓人不忍卒睹。

☞ 運転手の怪我によって道路は赤く染まり、

●track 049

見るにたえない光景だった。

駕駛的傷勢讓道路染上了血跡，是讓人不忍心看的情形。

☞ この歌は聴くにたえない。

這首歌不堪入耳。

☞ あの話はひどくて聞くにたえない。

那話太慘了讓人不忍心聽。／那話太過分了不值得聽。

～にたえない

感到非常…

接　續

名詞＋にたえない

例　句

☞ こんなにすばらしいプレゼントを贈って下さり、本当に嬉しくて感謝にたえません。

收到這麼棒的禮物，我真的感到非常開心，感謝至極。

☞ このような言葉をいただき、感謝の念にたえません。

能聽到您說這些話，我由衷感謝。

☞ 突然の悲しいお知らせに接し、悲しみにたえません

突然接到讓人悲傷的通知，感到十分的難過。

●track 050

～にたえる

值得…；耐得了…

接 續

動詞辭書形＋にたえる

名詞＋にたえる

例 句

☞ 読むにたえるエッセイが書けるようになるまでには相当訓練がいる。

要寫出值得讀的散文之前，需要有相當程度的訓練。

☞ 文学として読むにたえる伝記を書きたい。

想要寫出作為文學作品值得一讀的傳記。

☞ 孤独と寂しさにたえる役者。

能忍受孤獨和寂寞的演員。

☞ 日本ではまだ使用にたえる洗濯機やテレビなどが簡単に捨てられている。

在日本，還堪用的洗衣機或電視，都被輕易地丟棄。

☞ 彼なら十分に委員長の任にたえられるだろう。

他能擔當委員長這個職位。

•track 050

～に足(た)る
值得…

接續

動詞辭書形＋に足る

（動作性）名詞＋に足る

比較

和「～にたえる」都有「值得」的意思，但用法不太相同：

「～にたえる」：前面通常是接直覺式的動詞，如：見る、読む、批判、鑑賞…

「～に足る」：前面通常是接具有稱讚意思的動詞，如：信頼、尊敬…

例句

☞ 信(しん)じるに足(た)る理由(りゆう)。

值得相信的理由。

☞ 私(わたし)たちは子供(こども)たちに信(しん)じるに足(た)る大人社会(おとなしゃかい)を用意(ようい)できてるのか。

我們可以創造出值得孩子們相信的大人社會嗎？

☞ 信用(しんよう)するに足(た)るお隣(となり)。

值得信賴的鄰居。

☞ 客(きゃく)の需要(じゅよう)を満(み)たすに足(た)る数量(すうりょう)の商品(しょうひん)を常備(じょうび)している。

•track 051

隨時準備好滿足客人需求的商品數量。

～にひきかえ
與…相反

接續

動詞普通形＋の＋にひきかえ

形容詞＋い＋の＋にひきかえ

形容動詞＋な／である＋の＋にひきかえ

名詞＋にひきかえ

比較

「～にひきかえ」的前後文主語通常不同，而且句子是主觀的，不適合用來陳述單純事實。若是要陳述客觀事實時，可以用「～に対して」來表示：

例 日本の大学が入学時に学部学科を決めて入学するのに対して、アメリカでは2年次（教養課程）が終るまでに専攻を決めるようになっています。

（相較於日本大學在入學時就要決科系，美國是在讀完兩年教養課程後才決定主修）

像以上的句子就不適合用「～にひきかえ」來表示。

例句

☞ 腕白なクラスメートにひきかえ彼はとてもおとなしいです。

和淘氣的同學相反，他很沉穩。

☞ 几帳面な父にひきかえ息子はだらしないです。

和一絲不苟的父親相反，兒子很懶散。

☞ 先月スマートフォンの売り上げが著しく伸びたのにひきかえ、ノートパソコンの売り上げが落ち込んだ

和上個月智慧型手機營業額明顯的上升相反，筆記型電腦的營業額下滑了。

☞ 富裕層の生活は贅沢だったのにひきかえ、一般サラリーマンの生活はとても貧しいものだった。

和富裕家庭的奢華生活相反，一般上班的生活十分貧困。

☞ 前回のシングルにひきかえ、今回の曲はすばらしいできだ。

和上次的單曲相反，這次的曲子很棒。

～にもまして

比…更

接續

動詞普通形＋の＋にもまして

形容詞＋い＋の＋にもまして

形容動詞＋な／である＋の＋にもまして

名詞（である＋の）＋にもまして

例　句

☞ 彼はいまや以前にもまして真面目に働いている。

他比以前更認真工作。

☞ 芸術は何ものにもまして最優先されるという強烈な信念を持ってます。

我抱持著藝術比什麼都優先的強烈信念。

☞ 彼は以前にもまして勉強しようと決めたのです。

他決心比以前更努力念書。

☞ 彼は何物にもましてプライドを重んじる。

他比自尊看得比什麼都重要。

☞ 画面がきれいなのにもまして、画面の大きさ広さにも感動した。

比起畫面漂亮精緻，我更被畫面的大與寬所感動。

～の至りだ

…至極

接　續

名詞＋の至りだ

比　較

●track 052

與「～限りだ」相近。

例句

☞ 赤面(せきめん)の至(いた)りだ。

慚愧至極。

☞ 憧(あこが)れのアーティストにサインしてもらって、もう感激(かんげき)の至(いた)りだ。

能得到崇拜的歌手的簽名，真是十分感動。

☞ 師匠(ししょう)には、全(まった)く感服(かんぷく)の至(いた)りだ。

對師傅佩服至極。

☞ この仕事(しごと)を引(ひ)き受(う)けたのは浅慮(せんりょ)の至(いた)りだ。

接受這個工作真是欠考慮至極。

～の極(きわ)みだ

到…的極點

接續

名詞＋の極みだ

比較

通常會接的名詞有：苦痛、贅沢、幸福、貧困…

例句

☞ 非礼(ひれい)の極(きわ)みだ。

無禮到極點。

☞ 遺憾(いかん)の極(きわ)みである。

非常遺憾。

☞ 光栄の極みである。

光榮至極。

☞ 「クルージングしながらバイキングしてお酒を飲み、夜景にうっとりする。」とゆう、贅沢の極みを体験しました。

體驗了一邊在郵輪上吃著歐式自助餐喝著酒，一面欣賞夜景，這種極度的奢華。

（ただ）～のみ

只有…

接　續

（ただ）＋動詞辭書形＋のみ

（ただ）＋形容詞＋い＋のみ

（ただ）＋名詞＋のみ

例　句

☞ ただ結果を待つのみだ。

只有等待結果了。

☞ 老兵は死なず、ただ消え去るのみ。

老兵不死，只是凋零。

☞ 理想がなかったら、仕事なんてただ苦しいだけ。

如果沒有理想，工作只剩痛苦而已。

●track 053-054

☞ 治療がうまくいくことを、ただ祈るのみだ。

一心只祈禱治療能順利。

（ただ）～のみならず

不僅…

接續

（ただ）＋動詞普通形＋のみならず

（ただ）＋形容詞＋い＋のみならず

（ただ）＋形容動詞＋である＋のみならず

（ただ）＋名詞＋のみならず

比較

意同「～だけではなく」。

例句

☞ 彼はイタリアの工芸品について「ただ美しいのみならず、立派でさえあり、神秘でさえあり、その創造の力の容易ならざるものを感じる」と絶賛した。

對於義大利的工藝品，他說「不只是美麗，還很優秀、神祕，我能感受到那股創造的能力並不是輕易可得的」。

☞ 彼はただお金持ちであるのみならず、優しい心の持ち主である。

他不只是有錢人，還很有愛心。

•track 054

☞ これからの企業は単に利益を追求するのみならず、企業活動を通じて社会からの要請に的確に応えていく必要があります。

今後的企業不只是單純追求獲利，還要通過企業活動，滿足社會的需求。

☞ 彼女たちは内気であるのみならず、時としてほとんど全く話したがらないように見える。

她們不只害羞，有時看來還完全不想講話的樣子。

☞ あの方は綺麗であるのみならず，頭も優れている。

那個人不只美麗，頭腦也很好。

☞ 国民は支配される者であるのみならず同時に支配する者でもあるということである。

國民不只是被支配的人，同時也是支配者。

（ひとり）～のみならず

不僅是…

接續

（ひとり）＋動詞普通形＋のみならず

（ひとり）＋形容詞＋い＋のみならず

（ひとり）＋形容動詞＋である＋のみならず

（ひとり）＋名詞＋（である）＋のみならず

例句

●track 054

☞ 少子化はひとり日本のみならず、世界諸国においても同様にみられる傾向である。

少子化問題不只是日本，世界各國都有同樣問題的傾向。

☞ 就職難はひとり卒業生の問題のみならず、社会全体にも共通の問題である。

就業困難不只是畢業生的問題，而是社會全體共同的問題。

●track 055

は行

～はおろか

不用說…就連…也…

接續

名詞＋はおろか

比較

和「～ところか」類似，說話者都含有驚訝、不滿等感情。

例句

☞ その患者(かんじゃ)は走(はし)る事(こと)はおろか、歩(ある)くことさえできない。

那位病人別說是跑，連走都辦不到。

☞ 私(わたし)はフルートはおろかハーモニカも吹(ふ)けない。

別說是長笛了，我連口琴都不會吹。

☞ 僕(ぼく)はドイツ語(ご)を書(か)くのはおろか読(よ)めもしない。

別說是寫德文了，我連念都不會念。

☞ 初級(しょきゅう)の学生(がくせい)は漢字(かんじ)はおろか、ひらがなも正確(せいかく)に書(か)けません。

•track 055

初級的學生別說是漢字，連平假名都無法正確寫好。

☞こんな成績では私立大学はおろか、専門学校だって危ないよ。

這種成績，別說是私立大學了，連專門學校都可能考不上。

☞彼女は内気で、人前で歌うはおろか簡単な自己紹介さえできない。

她很內向，別說是在大家面前唱歌，連簡單的自我介紹都辦不到。

～ばこそ

正因為…才

接續

動詞ば形＋こそ

形容詞＋ければ＋こそ

形容動詞＋であれば＋こそ

名詞＋であれば＋こそ

例句

☞皆様の協力があればこそこのプロジェクトが成功できたことを感謝しております。

因為有大家的幫忙，這個企畫才能成功，我由衷感謝。

☞ 優勝できたのは、日頃の訓練あればこそだ。

能得到優勝都是因為平日的訓練。

☞ 前にもあんなに大変な仕事を経験したことがあればこそ、今回の仕事ができたのだ。

正因為之前有過困難的工作的經驗，才能完成這次的工作。

～ばそれまでだ

要是…的話只好算了；要是…的話就完了

接　續

動詞ば形＋それまでだ

比　較

意同「～までのことだ」、「～たらそれまでだ」。

例　句

☞ 見つかればそれまでだ。

要是被發現就完了。

☞ 一生懸命勉強しても試験に合格しなければそれまでだ。

拚了命努力念書，要是沒有通過考試就完了。

☞ 天才であっても、努力しなければそれまでだ。

就算是天才，不努力的話也是白費。

●track 056

☞やる前から結論を出してしまえば、それまでだ。

要是在做之前就下結論，那就沒戲唱了。

☞どんなによく勉強しても、試験に遅れてしまえばそれまでだ。

不管怎麼用功，要是考試遲到就完了。

☞一生懸命練習しても成果を出せなければそれまでだ。

就算拚了命的練習，要是拿不出成果也沒用。

～べからざる
不應該

接續

動詞辭書形＋べからざる

（但「するべからざる」通常會寫成「すべからざる」）

例句

☞争うべからざる事実。

不爭的事實。

☞許すべからざる。

不可原諒。

☞水は生きるうえで欠くべからざるものだ。

水是生存不可欠的東西。

☞人間が幸福であるために欠くべからざる条件は勤労である。

人類要幸福，不可欠的條件就是勤勞。

☞彼は私たちにとって欠くべからざる人だ。

他是對我們來說不可少的人。

～べからず
不應該

接 續

動詞辭書形＋べからず

（但「するべからず」通常會寫成「すべからず」）

比 較

和「～べからざる」相同。

例 句

☞好機逸すべからず。

不可錯失良機。

～べく
為了

接 續

動詞辭書形＋べく

（「するべく」也可寫成「すべく」）

●track 057

例 句

☞彼らは犯人を逮捕すべく追いかけた。

他們為了逮捕犯人而追上去。

☞彼は失敗に対して名誉を挽回すべく一生懸命頑張った。

他為了挽回失敗造成的名譽損失，拚了命地努力。

☞わたしは厳しい農業情勢を改善すべく、日々活動しています。

我為了改善嚴峻的農業狀況，每天都在行動。

ま行

～まじき
不應該

接續

動詞辭書形＋まじき

（「するまじき」也可寫成「すまじき」）

比較

慣用句型「（人）にあるまじき」和「（人）としてあるべきではない」、「（人）としてあってはならない」相同。

例句

☞ 許(ゆる)すまじき暴言(ぼうげん)を吐(は)く。

說出不可原諒、蠻不講理的話。

☞ 経営者(けいえいしゃ)による許(ゆる)すまじき行為(こうい)。

身為經營者不可被原諒的行為。

☞ すまじきものは宮仕(みやづか)え。

受人使喚很痛苦，最好別做這種工作。（俚語）

☞ 教師(きょうし)にあるまじき行為(こうい)。

身為教師不可有的行為。

☞ スポーツマンとしてあるまじき服装(ふくそう)や行動(こうどう)は

• track 058

絶対に認めない。

身為運動員絕不被認可的服裝和行為。

～まで（のこと）だ

只好

接續

動詞辭書形＋まで（のこと）だ

比較

和「～ばそれまでだ」的意思有些類似，但「～ばそれまでだ」是表示事情完了、結束了。

例句

☞ どの道も避けられないのなら、過ぎ去るのを待つまでだ。

如果這是不可避免的一條路，那就只能等它過去。

☞ 誰も手伝ってくれないのなら、自分で頑張るまでのことだ。

若是沒有人肯幫忙，那就只好自己努力。

☞ 電車がだめなら、タクシーで行くまでのことだ。

若是無法搭電車，那就只好坐計程車去。

～まで（のこと）だ

只不過是…而已

接續

動詞辭書形＋まで（のこと）だ

例句

☞ 大したことじゃないんだが、念のため知らせたまでのことだ。

雖然不是什麼大事，但為以防萬一還是告知你。

～までもない

用不著…

接續

動詞辭書形＋までもない

例句

☞ あなたの協力がとても重要であることは言うまでもない。

你的幫忙是很重要的，這件事不用說也知道。

☞ 言うまでもないことだが、彼が悪い。

不用說也知道，是他的錯。

☞ 夏目漱石が明治の文豪であることは言うまでもないことだ。

● track 059

夏目漱石是明治時代的大文學家，這點不用說也知道。

☞ このくらいの怪我（けが）なら病院（びょういん）へ行（い）くまでもない。

這點小傷用不著上醫院。

☞ 説明（せつめい）するまでもないですが、ストレス解消食（かいしょうぐ）いは良（よ）くないです。

不需說明也知道，因壓力而暴飲暴食是不好的。

～までもなく

用不著…

接續

動詞辭書形＋までもなく

比較

「～までもない」後面接名詞。

「～までもなく」後面接動詞、形容詞、副詞。

例句

☞ 呼気中（こきちゅう）のアルコール濃度（のうど）を調（しら）べるまでもなく、男性（だんせい）は見事（みごと）に酔（す）っ払（ぱら）いだとバレてしまいました。

不用調查呼吸中的酒精濃度也知道，那個男的很明顯是醉了。

☞ 彼（かれ）は、経験（けいけん）はいうまでもなく、知識（ちしき）もない。

不用說經驗，他連知識都沒有。

●track 059-060

☞いうまでもなく、正直(しょうじき)は最良(さいりょう)の策(さく)である。

不用說也知道，誠實是最好的對策。

～まみれ
全都是

接　續

名詞＋まみれ

比　較

「だらけ」、「まみれ」、「ずくめ」的區別：

「だらけ」：在一個空間內散亂地擺著。如：ごみだらけ。

「まみれ」：表面上密布著細小的東西（灰塵、血）。如：血まみれ。

「ずくめ」：是清一色、全體。如：黒ずくめの男。

例　句

☞汗(あせ)まみれ。

滿身是汗。

☞彼(かれ)の顔(かお)は血(ち)まみれだった。

他的臉滿是血。

☞土(つち)まみれの手(て)。

滿是泥土的手。

●track 060

☞ 机の裏からほこりまみれで眠っていた高校時代の卒業ライブのDVDがひょっこり出てきた。

從桌子裡，拿出沾滿了灰塵沉封已久的高中時代畢業公演的DVD。

まるで～のような
就像是…般

接 續

まるで＋動詞普通形＋のような

まるで＋名詞＋のような

例 句

☞ まるでフィクションのような風景。

像是虛構般的風景。

☞ まるで夢のような一日でした。

就像夢一樣的一天。

☞ 犬が思いっきり走っている瞬間やジャンプしている瞬間を捕らえた写真は、まるで空を飛んでるように見えたり、ちょっと違った迫力のある面を見ることができます。

在小狗奮力奔跑瞬間，或是跳躍瞬間拍的照片，小狗就像是飛在空中似的，呈現出另一種不同的感染力。

●track 061

～めく

像…的樣子；帶有…的意思

接　續

名詞＋めく

(「めく」常會用過去式「めいた」。)

例　句

☞ 県内は、高気圧に覆われて全般に青空が広がり、日中の気温は前日よりさらに上昇し、春めいた陽気に包まれた。

在縣內，是被高氣壓所籠罩的一片晴空，白天的氣溫比前一天還升高了許多，被春意的溫暖所包圍著。

☞ 課長の皮肉めいた言い方を、みなは不快に感じている。

課長帶有諷刺的說法，給大家不愉快的感覺。

☞ 親友なのに、他人めいたこと言わないでよ。

明明就是好朋友，何必說這麼見外的話。

～もさることながら

…就不用說了

接　續

名詞＋もさることながら

●track 061-062

例 句

☞あの店は味もさることながら、雰囲気もよい。

那間店菜的口味就不用說了，氣氛也很棒。

☞展示物の魅力もさることながら、解説の充実ぶりが素晴らしい。

展示品的魅力就不用說了，充實的解說也很棒。

☞このドラマはキャスト、ストーリーもさることながら音楽もいい。

那部日劇，不用說演員陣容、故事，就連音樂都很棒。

☞効能もさることながらデザインも優れた。

性能就不用說了，設計也很棒。

～ものを

假如…就好了

接 續

動詞普通形＋ものを

形容詞＋い＋ものを

形容動詞＋な＋ものを

比 較

和「～ものの」做比較：

「～ものを」：要是…的話，就不會…。前面通

常是和事實相反的假設句子，表示後悔、遺憾或責備。

「～**ものの**」：雖然…但…。前後文的主詞相同，前面的句子敘述現在或過去的事實狀況。

例句

☞ 連絡(れんらく)してくれれば、手伝(てつだ)ってあげたものを。

要是聯絡我的話，我明明會幫你的。

☞ 素直(すなお)に言(い)えばいいものを、なぜか遠回(とおまわ)しの表現(ひょうげん)を使(つか)うのは、特別(とくべつ)な理由(りゆう)があるのではないか。

明明直說就好，何必拐彎抹角的，是有特別的理由嗎？

●track 062

や行

～や
一…就立刻…

接 續

動詞辭書形＋や

例 句

☞ やってきたエレベーターのドアが開くや彼が乗り込む。
終於來了的電梯，門一開他就立刻進去。

～や否や
一…就立刻…

接 續

動詞辭書形＋や

比 較

和「～が早いか」、「～なり」、「～たとたん（に）」相似。

例 句

☞ 数時間前から列車を待つために並び、ドアが開くや否や、彼女たちは空席に向かって猛ダッシュする。

從好幾個小時前就開始排隊等火車來，當門一開，她們就立刻往空位衝。

☞ 搭乗のアナウンスが聞こえるや否や、皆がゲートの方へ走り出した。

一聽到登機廣播，大家就往登機門的方向跑。

☞ ランドセルを置くや否や、外に飛び出した。

一放下書包，就往外跑。

～ゆえ（に）

由於

接續

動詞普通形＋ゆえ（に）

形容詞＋い＋ゆえ（に）

形容動詞＋ゆえ（に）

名詞＋ゆえ（に）

比較

「ゆえに」可放在句首當接續詞用。

例句

☞ やるべきことがあるゆえ、いつもより1時間早く起きる。

由於有該做的事，所以比平常提早1小時起床。

☞ 通信教育で英語を学び始めたが、不自由があ

●track 063

るゆえに会話と筆記がままならない。

雖然開始透過函授學英文，但因為有殘障，所以不能好好的做到會話和抄筆記。

～ゆえの
由於

接 續

動詞普通形＋ゆえの

形容詞＋い＋ゆえの

形容動詞＋ゆえの

名詞＋ゆえの

比 較

「ゆえの」後面接名詞；「ゆえに」後接動詞、形容詞、副詞。

例 句

☞ 彼が恋人と破局の原因は多忙ゆえの擦れ違いだった。

他和戀人分手的原因是因太忙而造成經常見不著面。

☞ 無理心中したのは貧乏なゆえの悲劇だ。

全家自殺是由於貧困造成的悲劇。

わ行

～わけにはいかない
不能…

接 續

動詞辭書形＋わけにはいかない

比 較

「～わけにはいかない」、「～わけにもいかない」是以常識或過去的經驗來考量，而做出「不行」的結論。

「～わかではない」、「～わけでもない」則是「未必～」的意思，是用來判斷較個人的事情。

例 句

☞ 試験(しけん)があるので、休(やす)むわけにはいかない。
因為有考試，所以不能休息。

☞ 私(わたし)が入院(にゅういん)したことはだれにも話(はな)したくないが、いなかの母(はは)には知(し)らせないわけにはいかないだろう。
我住院的事不想告訴任何人，但不能不告訴母親。

☞ 闘(たたか)わずして負(ま)けるわけにはいかない。
絕不能不戰而敗。

●track 064

☞ まだ負けを認めるわけにはいかない。

現在還不能認輸。

☞ どんなに酔っ払っていたって、仕事を休むわけにはいかない。

不管再怎麼醉，工作都不能休息。

☞ 有能な人を抑えつけておくわけにはいかない

絕不能壓抑有才華的人。

～をおいて

除了…

接　續

名詞＋をおいて

比　較

「～をおいて」後面通常會以「～をおいて～ない」的形式出現，表示「除了…之外，就沒有…」的意思。

例　句

☞ あなたをおいて、この仕事の担当者の適任者はいない。

除了你，沒有其他人能當這件事的負責人。

☞ この困難な任務を果たせるのは、彼をおいてほかにはいない。

能完成這項困難任務的，除了他沒有別人。

●track 065

～を禁じえない

禁不住…

接　續

名詞＋を禁じえない

比　較

意思和「～でしょうがない」、「～てたまらない」、「～てならない」、「～ないではいられない」相似。

例　句

☞ 政府には怒りを禁じえない。

忍不住對政府感到憤怒。

☞ 彼の話を聞いて、私は涙を禁じえなかった。

聽了他的話，我忍不住掉下淚來。

☞ 切なる望郷の念を慮って涙を禁じえない。

一想到思念的故鄉，就忍不住流淚。

☞ 日米の報道の違いには驚きを禁じえない。

對於日本和美國兩方報導的差異，不禁感到驚訝。

☞ あまりのバカバカしさに失笑を禁じえない。

因為太蠢了，忍不住笑出來。

•track 065

～をもって
於…

接續

名詞＋をもって

比較

禮貌的說法是：「～をもちまして」。

例句

☞ 今シーズンは来週をもって終了する。

本球季將在下星期結束。

☞ 今日をもって仕事を辞めます。

於今天辭掉工作。

☞ 田中さんが明日をもってご退職になります。

田中先生將於明天離職。

～をもって
用…(方法)

接續

名詞＋をもって

例句

☞ 本会へ入会しようとする者は、書面をもって申し込み、幹事会の承認を受けなければならない。

想要加入本會的人，請以書面方式申請，並需經理事會同意方可加入。

☞ お客さまのご期待に、最大限の努力をもってお応えしたい。

會盡最大的努力，來滿足客人的期待。

～をものともせずに
不把…放在眼裡

接續

名詞＋をものともせずに

例句

☞ 選手たちは足の痛みをものともせずに駅伝を走り抜いた。

選手們不把腳痛當一回事，跑完了馬拉松。

☞ 山田商社はこの 100 年に 1 度と言われる未曾有の不況をものともせずに、受注を伸ばしている元気な企業である。

不把這百年一次的景氣寒冬當一回事，山田公司的訂單量還是上升，是健全的企業。

☞ 冬の寒さをものともせずに身体を動かす。

不把冬天的寒冷當一回事，活動筋骨。

●track 066

～を余儀(よぎ)なくさせる
不得已

接續

名詞＋を余儀なくさせる

例句

☞醜聞(しゅうぶん)は首相(しゅしょう)の辞任(じにん)を余儀(よぎ)なくさせた。

醜聞迫使首相下台。

☞社長(しゃちょう)は倒(たお)れたので、明日(あした)の会議(かいぎ)は延期(えんき)を余儀(よぎ)なくさせる。

因為社長生病了，明天的會議不得不延期。

～を余儀(よぎ)なくされる
不得已

接續

名詞＋を余儀なくされる

比較

「～を余儀なくされる」是表示被動，所以主詞是不得不做某件事的主體，如「醜聞は首相の辞任を余儀なくさせた。」中的「首相」。

「～を余儀なくさせる」是表示使役，句子的主詞是迫使發生動作的原因，如「醜聞は首相の辞任を余儀なくさせた。」中的「醜聞」。

例句

☞ 首相は醜聞によって辞任を余儀なくされた
首相因醜聞不得不辭職。

☞ 自動車会社は急激な円高で市場からの撤退を余儀なくされた。
汽車公司因為日圓急遽升值而不得不從市場撤退。

☞ 勤務先を解雇されて社員寮から退居を余儀なくされた。
因為被解僱，而不得不搬離員工宿舍。

～をよそに
不顧…

接續

名詞＋をよそに

比較

和「～をものともせずに」比較：

「～をよそに」：通常用在較負面的情況。

「～をものともせずに」：用在較積極做某事的情況。

例句

☞ 家族の心配をよそに上京した。
不管家人的擔心而到東京發展。

●track 067

☞ 市場の不満をよそに再増資を画策する。

不管市場的不滿而計畫再增資。

☞ 目の前に迫る試験をよそに、ふだんやらない部屋の整理整頓を始めた。

不管迫在眉睫的考試，開始平常不會做的房間打掃工作。

～んがため（に）

為了…

接續

動詞ない形＋んがため（に）

（「する」會寫成「せんがため」）

例句

☞ 人間は生きんがために、心ならずも悪事をしてしまう場合がある。

人為了生存，有時也會做身不由己的壞事。

☞ 一日も早く成功せんがために、必死で働いている。

為了早日成功，拚命的努力。

☞ 大学に進学せんがために彼は昼夜寝ずに勉強している。

為了上大學，他不眠不休地用功。

～んがための
為了…

接 續

動詞ない形＋んがための
（「する」會寫成「せんがための」）

例 句

☞ 新聞を売らんがため、記事を捏造した。
為了讓報紙報熱賣，所以杜撰報導。

☞ 勝たんがための練習しか考えない部活動が嫌いだ。
討厭只為了勝利而練習的校隊活動。

～んばかりだ
簡直像…一樣；幾乎

接 續

動詞ない形＋んばかりだ
（「する」會寫成「せんばかりだ」）

例 句

☞ 彼女は唇を震わせて、いまにも泣かんばかりだ。
她的雙唇顫抖著，現在也像要哭了一樣。

●track 068

☞テレビで自分の名前が読まれて、私は躍り上がらんばかりだ。

電視裡傳出自己的名字，我好像要跳起來一樣。

～んばかりに
簡直像…一樣；幾乎

接續

動詞ない形＋んばかりに

（「する」會寫成「せんばかりに」）

例句

☞「あなたとは関係ない」と言わんばかりに彼女は彼を無視していた。

她彷彿是在說著「和你沒有關係」般的，對他視而不見。

☞彼女は同意すると言わんばかりにうなずいた。

她就像在說同意一般，點了點頭。

☞彼女は泣かんばかりに「メールをくださいね」と言った。

她就像要哭了一樣，說著「記得寄電子郵件給我」。

•track 069

～んばかりの
簡直像…一樣；幾乎

接續

動詞ない形＋んばかりの
（「する」會寫成「せんばかりの」）

比較

「～んばかりだ」、「～んばかりに」＋名詞
「～んばかりの」＋名詞

例句

☞ 彼(かれ)は溢(あふ)れんばかりの才能(さいのう)を持(も)つ。
他的才華洋溢。

☞ 彼(かれ)のスピーチが終(お)わると、割(わ)れんばかりの拍手(はくしゅ)が沸(わ)き起(お)こった。
他的演說結束後，響起了如雷的掌聲。

單字篇

●track 070

あ

あいそ
愛想

義 親切、和藹 ⇦名

例句

☞ 愛想のない人。

不親切的人。

あえて

義 敢、特意 ⇦副

例句

☞ 彼女はできるはずがないのに、あえてやると言った。

她明明辦不到，卻故意說要做。

あざ
鮮やか

義 鮮明、漂亮 ⇦形動

例句

☞ 色彩が鮮やかに見える。

色彩鮮明可見。

あつりょく
圧力

義 壓力 ⇦名

例句

☞ 与党(よとう)に圧力(あつりょく)をかける。

對執政黨施壓。

あっけない

義 太簡單、不盡興 ⇦形

例句

☞ 勝負(しょうぶ)があっけなく終(お)わった。

比賽簡簡單單就結束了。

あっさり

義 (味道)清淡、(個性)坦率、輕鬆 ⇦副

例句

☞ あっさり断(ことわ)られた。

被一口回絕。

あっぱく
圧迫

義 壓迫 ⇦名

例句

☞ 相手(あいて)に圧迫感(あっぱくかん)を与(あた)える。

給對方壓力。

あや
危ぶむ

義 擔心、認為危險 ⇦動

例句

☞ このままでは進級(しんきゅう)が危(あや)ぶまれる。

再這樣下去是否能升級很讓人擔心。

あら
荒っぽい

義 粗暴、粗糙 ⇦形

例句

☞ この家(いえ)の建(た)て方(かた)が荒(あら)っぽい。

這房子的建造手法很粗糙。

あんてい
安定

義 安定、安穩 ⇦名、形動

例句

☞ 物価（ぶっか）が安定（あんてい）してきた。

物價穩定下來了。

あんぴ
安否

義 平安與否 ⇦名

例句

☞ 遭難者（そうなんしゃ）の安否（あんぴ）を気遣（きづか）う。

在意遇難者是否平安。

☞ 安否（あんぴ）を問（と）う。

尋問是否平安。

●track 072

い

いかにも

義 實在、的確 ⇦副

例句

☞いかにもそうだ。

的確是這樣。

勇(いさ)ましい

義 勇敢、好鬥 ⇦形

例句

☞勇(いさ)ましく突撃(とつげき)する。

奮勇衝鋒。

一人前(いちにんまえ)

義 能勝任、成人 ⇦形動

例句

☞若(わか)いうちから一人前(いちにんまえ)に働(はたら)く。

從年輕的時候就能獨當一面工作。

いちれん
一連

義 一系列、一連串 ⇦名

例句

☞ 一連（いちれん）の事件（じけん）を調査（ちょうさ）する。

調查一連串的事件。

いっかつ
一括

義 一次、總括起來 ⇦名

例句

☞ 四（よっ）つの議案（ぎあん）を一括上程（いっかつじょうてい）する。

匯整四個案子，一次提出。

いっきょ
一挙

義 一舉、一下子 ⇦副

例句

☞ 敵（てき）を一挙（いっきょ）に粉砕（ふんさい）した

一舉打敗敵人。

● track 073

いっけん
一見

義 看一見、一看、乍看 ⇦名

例句

☞ 一見(いっけん)して強(つよ)そうな男(おとこ)。

乍看之下很強的男子。

いと
意図

義 企圖、意圖 ⇦名

例句

☞ 敵(てき)の意図(いと)を見抜(みぬ)いた。

看穿了敵方的企圖。

いど
挑む

義 挑戰 ⇦動

例句

☞ 強敵(きょうてき)に挑(いど)む。

挑戰強敵。

いやいや
嫌々

義 勉強、搖頭 ⇦名、副、

例句

☞ 嫌々(いやいや)引(ひ)き受(う)けた。

勉強接受了。

いやみ
嫌味

義 令人不快、挖苦 ⇦名、形動

例句

☞ 嫌味(いやみ)に聞(き)こえる。

聽起來讓人不舒服。

•track 074

う

伺う（うかが）

義 請教、聽說、拜訪 ⇦動

例句

☞ ご意見（いけん）を伺（うかが）いたい。

想請教您的意見。

うずめる

義 埋、充滿 ⇦動

例句

☞ 顔（かお）を布団（ふとん）にうずめる。

把臉埋到被子裡。

うつろ

義 空洞、空虛、發呆 ⇦名、形動

例句

☞ うつろな眼差（まなざ）し。

呆滯的眼神。

•track 075

生まれつき（うまれつき）

義 與生俱來 ⇦名

例句

☞ 生まれつきの美声（びせい）。

與生俱來的美聲。

埋める（うめる）

義 填補、埋入 ⇦動

例句

☞ 赤字（あかじ）を埋（う）める。

填補赤字。

潤う（うるおう）

義 濕潤、寬裕、受惠 ⇦動

例句

☞ 生活（せいかつ）が潤（うるお）った。

生活變得寬裕。

●track 075

えいこう
栄光

義 光榮 ⇦名

例句

☞ 勝利(しょうり)の栄光(えいこう)に輝(かがや)く。

得到光榮的勝利。

えいり
営利

義 營利 ⇦名

例句

☞ 営利(えいり)を度外視(どがいし)する。

不以營利為目的。

えしゃく
会釈

義 打招呼 ⇦名

例句

☞ 会釈(えしゃく)を交(か)わす。

彼此打招呼。

●track 076

えんえん
延々

義 沒完沒了 ⇦形動

例句

☞ 試合(しあい)は延々(えんえん)4時間(じかん)に及(およ)んだ。

比賽長達四個小時。

えんかつ
円滑

義 圓滿、順利 ⇦名、形動

例句

☞ このプロジェクトは円滑(えんかつ)に進(すす)む。

這個案子進行得很順利。

●track 076

お

おお
大いに

義 很、非常 ⇦形動

例句

☞ 可能性(かのうせい)は大(おお)いにある。

非常有可能。

オーバー

義 超過 ⇦名、形動

例句

☞ 予算(よさん)をオーバーする。

超出預算。

おこな
行う

義 舉行 ⇦動

例句

☞ 会議(かいぎ)が行(おこな)われる。

舉行會議。

おごそ
厳か

義 肅穆、隆重 ⇦形動

例 句

☞ 厳(おごそ)かな態度(たいど)。

嚴肅的態度。

おごる

義 請客 ⇦動

例 句

☞ わたしがおごる。

我請客。

おそ
恐ろしい

義 可怕的、驚人的 ⇦形

例 句

☞ 恐(おそ)ろしくて声(こえ)も出(だ)せない。

因為太害怕而發不出聲音。

●track 077

おとず
訪れる

義 訪問、拜訪、來臨 ⇦動

例句

☞ 友達(ともだち)を訪(おとず)れる。

拜訪朋友。

おびや
脅かす

義 威嚇 ⇦動

例句

☞ 安全(あんぜん)が脅(おびや)かされる。

安全受到威脅。

おもくる
重苦しい

義 鬱悶、沉悶 ⇦形

例句

☞ 気分(きぶん)が重苦(おもくる)しい。

心情鬱悶。

おたた
折り畳む

義 折疊 ⇦動

例句

☞ 新聞をきちんと折り畳む。

把報紙疊好。

お
折れる

義 折斷、屈服、折疊、轉彎 ⇦動

例句

☞ 彼が折れてきた。

他讓步了。

おろ
愚か

義 愚蠢 ⇦形動

例句

☞ 愚かなことを言うな。

別說蠢話。

● track 078

か

街頭（がいとう）

義 街頭 ⇦名

例句

☞ 街頭（がいとう）で演説（えんぜつ）する。

在街頭演說。

介護（かいご）

義 看護 ⇦名

例句

☞ 年老（としお）いた母（はは）を介護（かいご）する。

照顧老母親。

怪獣（かいじゅう）

義 怪獸 ⇦名

例句

☞ 怪獣映画（かいじゅうえいが）。

怪獸電影。

がいせつ
概説

義 概説 ⇦名

例句

☞ 法律(ほうりつ)について概説(がいせつ)する。

概說關於法律的話題。

かいしゅう
改修

義 修理 ⇦名

例句

☞ 道路(どうろ)の改修工事(かいしゅうこうじ)。

道路修理工程。

かいしゅう
回収

義 收回 ⇦名

例句

☞ アンケートを回収(かいしゅう)する。

回收問卷。

●track 079

かいにゅう
介入

義 介入 ⇦名

例句

☞ 紛争(ふんそう)に介入(かいにゅう)する。

介入紛爭。

かいほう
介抱

義 照顧 ⇦名

例句

☞ 老人(ろうじん)を介抱(かいほう)する。

照顧老人。

かきね
垣根

義 籬笆 ⇦名

例句

☞ 垣根(かきね)を作(つく)る。

蓋籬笆。

かく
核

義 核、中心 ⇦名

例句

☞ 核(かく)となる人(ひと)。

核心人物。

かくしん
革新

義 革新 ⇦名

例句

☞ 保守(ほしゅ)と革新(かくしん)の衝突(しょうとつ)。

保守與革新的衝突。

かくべつ
格別

義 特別、顯著 ⇦名、形動、副

例句

☞ 今日(きょう)は格別(かくべつ)暑(あつ)かった。

今天特別熱。

●track 080

かける

義 掛、穿戴、搭、蓋上 ⇦動

例句

☞ 壁(かべ)に絵(え)をかける。

把畫掛在牆上。

かさい
火災

義 火災 ⇦名

例句

☞ 火災(かさい)が起(お)こる。

發生火災。

かせ
稼ぐ

義 賺錢、獲得 ⇦動

例句

☞ 学費(がくひ)を自分(じぶん)で稼(かせ)ぐ。

自己賺學費。

過疎（かそ）

義 過少 ⇦名

例句

☞ 過疎（かそ）の山村（さんそん）。

人口稀少的山村。

がっしり

義 健壯、牢固 ⇦副

例句

☞ がっしりした体（からだ）つき。

健壯的體格。

過密（かみつ）

義 密度過高 ⇦名、形動

例句

☞ 過密（かみつ）な人口（じんこう）。

過多的人口。

●track 081

枯（か）れる

義 枯萎、老練、枯瘦 ⇦動

例句

☞ 木（き）が枯（か）れる。

樹木枯萎。

仮（かり）に

義 要是、如果、暫時 ⇦副

例句

☞ 仮（かり）に失敗（しっぱい）したらどうする。

要是失敗了該怎麼辦？

乾（かわ）く

義 乾枯、乾燥 ⇦動

例句

☞ 川（かわ）の水（みず）が乾（かわ）いてしまった。

河川裡的水乾了。

かんい
簡易
義 簡單 ⇦名、形動

例句

☞ 簡易(かんい)な手続(てつづ)き。
簡單的手續。

かんけつ
完結
義 結束 ⇦名

例句

☞ この連載(れんさい)が完結(かんけつ)する。
這個連載即將結束。

がんこ
頑固
義 頑固、固執 ⇦名、形動

例句

☞ 頑固(がんこ)な親父(おやじ)。
頑固的老爹。

●track 082

かんじん
肝心

義 首要、關鍵 ⇦名、形動

例句

☞ 何よりも基本が肝心だ。

基礎是最重要的。

かんぺき
完璧

義 完美 ⇦名、形動

例句

☞ 完璧を期す。

力求完美。

かんわ
緩和

義 舒緩 ⇦名

例句

☞ 混雑が緩和する。

雜亂的情形得到舒緩。

き

規格
きかく

義 規格、標準 ⇦名

例句

☞ 規格を統一する。

統一規格。

戯曲
ぎきょく

義 劇本、戲劇 ⇦名

例句

☞ 戯曲を書く。

寫劇本。

気障
きざ

義 裝模作樣、讓人不快、刺眼 ⇦名、形動

例句

☞ 気障なやつ。

討人厭的傢伙。

●track 083

きひん
気品

義 品格、高雅 ⇦名

例句

☞ 気品(きひん)のない人(ひと)。

沒有氣質的人。

きふく
起伏

義 起伏、高低 ⇦名

例句

☞ 感情(かんじょう)の起伏(きふく)が激(はげ)しい。

情緒起伏很大。

きゃくほん
脚本

義 腳本 ⇦名

例句

☞ ドラマの脚本(きゃくほん)を書(か)く。

寫連續劇的劇本。

きょうくん
教訓

義 教訓 ⇦名

例句

☞ よい教訓(きょうくん)を得(え)る。

得到好的教訓。

きょくたん
極端

義 極端 ⇦名、形動

例句

☞ 極端(きょくたん)な言(い)い方(かた)。

偏激的說法。

きょひ
拒否

義 拒絕 ⇦名

例句

☞ 返答(へんとう)を拒否(きょひ)する。

拒絕回家。

•track 084

きんもつ
禁物

義 大忌、嚴禁 ⇦名

例 句

☞ 油断(ゆだん)は禁物(きんもつ)だ。

千萬不可大意。

きんゆう
金融

義 金融、資金融通 ⇦名

例 句

☞ 金融界(きんゆうかい)の不況(ふきょう)。

金融界的不景氣。

くうきょ
空虚

義 空的、空虛　⇦名、形動

例句

☞ 空虚（くうきょ）な生活（せいかつ）。

空虛的生活。

くる
狂わせる

義 使發狂、使失常　⇦動

例句

☞ 計画（けいかく）を狂（くる）わせる。

使計畫被打亂。

くろうと
玄人

義 行家、內行人　⇦名

例句

☞ 玄人（くろうと）も顔負（かおま）けするほどの腕（うで）。

連高手都要服輸的技巧。

•track 085

くわ
加える

義 加上、添加 ⇦動

例句

とし ひと くわ
☞ 歳を一つ加える。

長了一歲。

くわだ
企てる

義 企圖、企畫 ⇦動

例句

しんしょうひん かいはつ くわだ
☞ 新商品の開発を企てる。

籌畫新商品的開發製作。

け

けいせい
形勢

義 形勢 ⇦名

例句

☞ 形勢(けいせい)が逆転(ぎゃくてん)する。

形勢逆轉。

けいそつ
軽率

義 貿然、草率 ⇦形動

例句

☞ 軽率(けいそつ)な行動(こうどう)。

草率的行動。

けいやく
契約

義 契約 ⇦名

例句

☞ 契約(けいやく)を結(むす)ぶ。

締結契約。

•track 086

けっかん
欠陥

義 缺點 ⇦名

例句

☞ 性格(せいかく)に欠陥(けっかん)がある。

個性有缺陷。

げんきゅう
言及

義 提到 ⇦名

例句

☞ 進退問題(しんたいもんだい)に言及(げんきゅう)する。

提到進退的問題。

けんこう
健康

義 健康 ⇦名、形動

例句

☞ 健康(けんこう)な子供(こども)。

健康的孩子。

けんぜん
健全

義 健全 ⇦形動

例句

☞ 健全(けんぜん)な財政(ざいせい)。

健全的財政。

けんめい
賢明

義 賢明、明智 ⇦名、形動

例句

☞ 賢明(けんめい)な判断(はんだん)。

明智的判斷。

げんみつ
厳密

義 嚴密 ⇦形動

例句

☞ 厳密(げんみつ)な調査(ちょうさ)。

嚴密的調查。

●track 087

こ

小当たり（こあたり）

義 刺探 ⇦名

例句

☞ 小当たりに当たってみる。

稍微刺探一下。

行為（こうい）

義 行為 ⇦名

例句

☞ 不法行為。

不法行為。

後悔（こうかい）

義 後悔 ⇦名

例句

☞ すんだことは後悔しても始まらない。

已經過去的事後悔也於事無補。

こうじょう
向上

義 改善、提高 ⇦名

例句

☞ 学力(がくりょく)が向上(こうじょう)する。

提升學習成效。

ごうとう
強盗

義 強盜 ⇦名

例句

☞ 銀行強盗(ぎんこうごうとう)。

銀行搶匪。

こうみょう
巧妙

義 巧妙 ⇦名、形動

例句

☞ 巧妙(こうみょう)な手段(しゅだん)を用(もち)いる。

運用巧妙的手段。

• track 088

こうふ
交付

義 交付、頒發、發給 ⇦名

例句

☞ 証明書(しょうめいしょ)を交付(こうふ)する。

給證明書。

こころが
心掛ける

義 留心、注意 ⇦動

例句

☞ 規則正(きそくただ)しい生活(せいかつ)を心掛(こころが)ける。

注意維持生活作息正常。

こころづよ
心強い

義 有信心、受鼓舞、放心 ⇦形

例句

☞ 君(きみ)がいてくれれば心強(こころづよ)い。

如果你陪著我，我就不怕。

こころよ
快い

義 高興、快樂、痛快 ⇦形

例句

☞ 快い雰囲気。

令人愉快的氣氛。

こぜに
小銭

義 零錢、小錢 ⇦名

例句

☞ 小銭をためる。

存積零錢。

こちょう
誇張

義 誇大、誇張 ⇦名

例句

☞ 誇張して話す。

誇大其詞。

•track 089

こつ

義 祕訣、竅門 ⇦名

例句

☞料理のこつ。

煮菜的竅門。

ことに

義 特別是 ⇦副

例句

☞この子はことに甘いものが好きだ。

這孩子特別愛吃甜食。

こぼす

義 灑、漏、掉、抱怨 ⇦動

例句

☞お茶をこぼす。

把茶灑了出來。

凝（こ）る

義 熱中、凝集、研究 ⇦動

例句

☞ 占（うらな）いに凝（こ）る。

熱中於算命。

壊（こわ）す

義 弄壞 ⇦動

例句

☞ おもちゃを壊（こわ）す。

弄壞玩具。

献立（こんだて）

義 菜單 ⇦名

例句

☞ 一週間（いっしゅうかん）の献立（こんだて）を作（つく）る。

列出一星期的菜單。

• track 090

さ

さいはつ
再発

義 復發 ⇦名

例句

☞ 一年前（いちねんまえ）の病気（びょうき）が再発（さいはつ）した。

去年的病又復發了。

さいそく
催促

義 催促 ⇦名

例句

☞ 原稿（げんこう）を催促（さいそく）する。

催稿。

さ
裂く

義 撕開、切開、分開、騰出 ⇦動

例句

☞ 紙（かみ）をずたずたに裂（さ）く。

把紙撕得粉碎。

さくげん
削減

義 縮減、減去 ⇦名

例句

☞ 経費(けいひ)を削減(さくげん)する。

縮減經費。

さぐ
探る

義 摸、探聽、探訪 ⇦動

例句

☞ ポケットを探(さぐ)る。

用手摸口袋。

さしず
指図

義 指示、命令 ⇦名

例句

☞ 指図(さしず)を受(う)ける。

接受指示。

• track 091

さっぱり

義 俐落、爽快、完全、絲毫 ⇦副

例句

☞彼女(かのじょ)はさっぱりした性格(せいかく)の人(ひと)だ。

她是個乾脆的人。

さも

義 而且、但、卻 ⇦副

例句

☞おいしくてさも栄養(えいよう)のある料理(りょうり)。

好吃又有營養的菜。

散髪(さんぱつ)

義 剪髮 ⇦名

例句

☞散髪(さんぱつ)に行(い)く。

去剪髮。

しいて

義 強迫、勉強 ⇦副

例 句

☞ しいて言(い)えば。

硬要說的話。

じかく
自覚

義 自知、覺悟、感覺 ⇦名

例 句

☞ 自分(じぶん)の欠点(けってん)を自覚(じかく)する。

知道自己的缺點。

しくじる

義 失敗 ⇦動

例 句

☞ 試験(しけん)をしくじった。

考得不好。

•track 092

したう
慕う

義 愛慕、懷念、敬仰、追隨 ⇦動

例句

☞ 彼女は学生たちに慕われている。
（かのじょ / がくせい / した）

她很受學生敬愛。

したがう
従う

義 跟隨、遵從 ⇦動

例句

☞ 郷に入っては郷に従え。
（ごう / い / ごう / したが）

入境隨俗。

じたい
辞退

義 辭退 ⇦名

例句

☞ 出場を辞退する。
（しゅつじょう / じたい）

謝絕出場（的邀請）。

しとやか

義 端莊、穩重　⇦形動

例句

☞ しとやかな女性(じょせい)。

端莊的女性。

しなやか

義 柔美、優美、優柔　⇦形動

例句

☞ 猫(ねこ)のしなやかな動(うご)き。

貓輕柔的動作。

シャープ

義 鮮明、敏銳　⇦名、形動

例句

☞ 頭(あたま)のシャープな男(おとこ)。

思緒清楚明快的男子。

•track 093

しゃめん
斜面

義 斜面、斜坡 ⇦名

例句

☞ 急斜面(きゅうしゃめん)。

陡坡。

じゅうしょう
重症

義 重病 ⇦名

例句

☞ 彼女(かのじょ)は重症(じゅうしょう)だ。

她得的是重病。

しゅうちゃく
執着

義 貪戀、固執 ⇦名

例句

☞ 金(かね)に執着(しゅうちゃく)する。

貪戀金錢。

しゅうじつ
終日

義 整天 ⇦副

例句

☞ 終日(しゅうじつ)頭痛(ずつう)に悩(なや)む。

整天為頭痛所苦。

しゅし
趣旨

義 宗旨 ⇦名

例句

☞ お話(はなし)の趣旨(しゅし)はよくわからない。

不懂這話的重點是什麼。

じゅうなん
柔軟

義 柔軟、靈活 ⇦形動

例句

☞ 柔軟(じゅうなん)な考(かんが)え方(かた)。

靈活的思考方式。

•track 094

しゅしょう
首相

義 首相 ⇦名

例句

☞ 次期首相候補として有力である。

是下屆首相候選人的熱門人選。

しゅどう
主導

義 主導 ⇦名

例句

☞ 会議を主導する。

主導會議。

しょうごう
照合

義 對照、核對 ⇦名

例句

☞ 指紋を照合する。

比對指紋。

しょうしん
昇進

義 升職 ⇦名

例句

☞課長に昇進する。

升為課長。

じょうひん
上品

義 高雅、高級品 ⇦名、形動

例句

☞彼女は言葉使いが上品だ。

她講話很文雅。

じょうほ
譲歩

義 讓步 ⇦名

例句

☞互いに譲歩する。

彼此各退一步。

• track 095

しょうらい
将来

義 將來、未來 ⇦名、副

例 句

☞ 将来きっと後悔するだろう。

将來一定會後悔。

しょち
処置

義 處理 ⇦名

例 句

☞ 適切に処置する。

妥善處理。

ショック

義 打擊、衝擊 ⇦名

例 句

☞ ショックで口もきけない。

因為受到打擊而說不出話。

しんじゅ
真珠

義 珍珠 ⇦名

例句

☞ 豚(ぶた)に真珠(しんじゅ)。

對牛彈琴。（俚語）

じんざい
人材

義 人材 ⇦名

例句

☞ 人材(じんざい)を発掘(はっくつ)する。

發掘人材。

しんぜん
親善

義 親善、友好 ⇦名

例句

☞ 両国(りょうこく)の親善(しんぜん)を深(ふか)める。

加強兩國友好。

●track 096

しんてい
進呈

義 贈送 ⇦名

例 句

☞ 新しい著作を進呈する。（あたら／ちょさく／しんてい）

送上新的作品。

しんみつ
親密

義 親密 ⇦名、形動

例 句

☞ 親密な間柄。（しんみつ／あいだがら）

親密的關係。

す

すく
救い

義 救贖、搭救、挽救 ⇦名

例句

☞ 救(すく)いを求(もと)める。

求救。

すこ
健やか

義 健壯、健康、健全 ⇦形動

例句

☞ 子(こ)どもが健(すこ)やかに育(そだ)つ。

孩子茁莊地成長。

ストレス

義 壓力 ⇦名

例句

☞ ストレスを解消(かいしょう)する。

消除壓力。

• track 097

すばしこい

義 敏捷 ⇦形

例句

☞ 身(み)のこなしがすばしこい。

動作敏捷。

澄(す)む

義 清澈、清靜、清晰 ⇦動

例句

☞ 水(みず)が澄(す)んでいる。

水很澄淨。

ずらりと

義 成排的 ⇦副

例句

☞ ずらりと並(なら)べる。

擺成一排。

するど
鋭い

義 鋭利、敏銳、尖銳 ⇦形

例句

☞ 彼(かれ)は頭(あたま)が鋭(するど)い。

他的頭腦很敏銳。

スリル

義 驚險、緊張 ⇦名

例句

☞ スリル満点(まんてん)。

緊張恐怖至極。

●track 098

せ

せいき
生気

義 生機、活力 ⇦名

例句

☞ 生気(せいき)に満(み)ちた絵(え)。

生氣勃勃的畫。

せい
制する

義 壓抑、控制 ⇦動

例句

☞ 先(さき)んずれば人(ひと)を制(せい)する。

先下手為強。

せいは
制覇

義 稱霸、優勝 ⇦名

例句

☞ 全国大会(ぜんこくたいかい)を制覇(せいは)する。

在全國大會得奪冠。

せいり
整理

義 整理 ⇦名

例句

☞ 引き出しを整理する。

整理抽屜。

せかす

義 催促 ⇦動

例句

☞ 何度もせかす。

再三催促。

せつじつ
切実

義 迫切 ⇦形動

例句

☞ 切実な問題。

迫切的問題。

●track 099

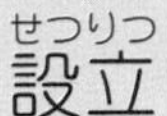

設立（せつりつ）

義 設立 ⇦名

例句

☞ 会社(かいしゃ)を設立(せつりつ)する。

設立公司。

摂取（せっしゅ）

義 攝取 ⇦名

例句

☞ 栄養(えいよう)のあるものを摂取(せっしゅ)する。

攝取有營養的食物。

選考（せんこう）

義 選拔 ⇦名

例句

☞ 優秀作品(ゆうしゅうさくひん)を選考(せんこう)する。

選拔優秀的作品。

そ

そうだい
壮大

義 宏大 ⇦名、形動

例句

☞ 壮大(そうだい)な構想(こうそう)。

宏大的構想。

そ
添える

義 附上、配 ⇦動

例句

☞ 贈(おく)り物(もの)にカードを添(そ)える。

在禮物上附上一張卡片。

そくざ
即座に

義 立刻 ⇦副

例句

☞ 即座(そくざ)に返事(へんじ)する。

馬上回應。

•track 100

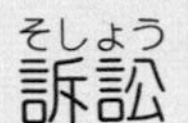

そしょう
訴訟

義 官司 ⇦名

例　句

☞ 訴訟（そしょう）を起（お）こす。

提起訴訟。

そむ
背く

義 不服、違背 ⇦動

例　句

☞ 親（おや）の意見（いけん）に背（そむ）く。

違背父母的話。

そ
逸らす

義 轉移 ⇦動

例　句

☞ 話（はなし）を逸（そ）らす。

轉移話題。

• track 101

た

たか
高める

義 提升、抬高 ⇦動

例句

☞ 製品(せいひん)の質(しつ)を高(たか)める。

提高產品的品質。

だかい
打開

義 打開、解決 ⇦動

例句

☞ 膠着状態(こうちゃくじょうたい)を打開(だかい)する。

解決膠著的情況。

たく
巧み

義 技巧、精巧 ⇦名、形動

例句

☞ 巧(たく)みに言(い)い逃(のが)れをする。

巧妙地搪塞。

●track 101

たくましい

義 健壯、堅強 ⇦形

例句

☞ たくましい若者(わかもの)。

健壯的年輕人。

助(たす)け

義 幫助、救助 ⇦名

例句

☞ 助(たす)けを呼(よ)ぶ。

呼救。

畳(たた)む

義 疊、合上、關閉 ⇦動

例句

☞ 布団(ふとん)を畳(たた)む。

疊被子。

ただよ
漂う

義 漂、洋溢 ⇦動

例句

☞ 哀愁(あいしゅう)が漂(ただよ)う。

充滿著哀愁。

たね
種

義 種子、根源 ⇦名

例句

☞ 不和(ふわ)の種(たね)を撒(ま)く。

散播不和的種子(原因)。

たんいつ
単一

義 單一 ⇦名、形動

例句

☞ 単一(たんいつ)な物質(ぶっしつ)からなる。

由單一物質組成。

●track 102

ち

ちゅうい
注意

義 警告、提醒 ⇦名

例句

☞ 健康(けんこう)に注意(ちゅうい)する。

提醒對方注重健康。

ちゅうこく
忠告

義 忠告 ⇦名

例句

☞ 友人(ゆうじん)として忠告(ちゅうこく)する。

以朋友的身份提出忠告。

ちゅうじつ
忠実

義 忠實、如實 ⇦名、形動

例句

☞ 職務(しょくむ)に忠実(ちゅうじつ)な人(ひと)。

盡忠職守的人。

ちゅうしょう
中傷

義 毀謗 ⇦名

例句

☞ 中傷(ちゅうしょう)によって失脚(しっきゃく)する。

因別人的中傷而失勢。

ちゅうどく
中毒

義 中毒 ⇦名

例句

☞ ガス中毒(ちゅうどく)で死(し)ぬ。

因瓦斯中毒而亡。

ちょっかん
直感

義 直覺 ⇦名

例句

☞ 直感(ちょっかん)で答(こた)える。

憑直覺回答。

月並み（つきな）

義 逐月、按月、平凡 ⇦名、形動

例句

☞ 月並み（つきな）の行事（ぎょうじ）。

每個月的例行活動。

つくづく

義 仔細、深切 ⇦副

例句

☞ つくづく考える（かんが）。

深思熟慮。

努める（つと）

義 努力、盡力 ⇦動

例句

☞ 目標（もくひょう）を達成（たっせい）しようと努める（つと）。

為達成目標而努力。

つつし
慎む

義 謹慎、節制 ⇦動

例句

☞ 言行を慎む。

謹言慎行。

つな
綱

義 繩索、命脈、依靠 ⇦名

例句

☞ 命の綱。

命脈。／極為重要的東西。

つな
繋がる

義 連接、排列、牽連 ⇦動

例句

☞ 電車が7両繋がっている。

7節火車車廂連在一起。

●track 104

つの
募る

義 愈來愈強烈、招募 ⇦動

例句

☞ 風(かぜ)が吹(ふ)き募(つの)る。

風勢愈來愈強。

つぶやく

義 發牢騷、小聲嘟囔 ⇦動

例句

☞ 一人(ひとり)でつぶやいている。

一個人嘟嘟囔囔地念著。

つら
連なる

義 成排、綿延 ⇦動

例句

☞ 山脈(さんみゃく)が東西(とうざい)に連(つら)なる。

山脈東西向綿延。

て

ていたく
邸宅

義 宅邸 ⇦名

例句

☞ 豪壮（ごうそう）な邸宅（ていたく）を構（かま）える。

坐擁豪宅。

てうす
手薄

義 人手少、不足 ⇦名、形動

例句

☞ 手薄（てうす）な警備陣（けいびじん）。

人手不足的警力。

データ

義 資料 ⇦名

例句

☞ データを集（あつ）める。

收集資料。

• track 105

てぉく
手遅れ

義 為時已晩 ⇦名

例句

☞ 病気が手遅れになる。

病入膏肓。

てがる
手軽

義 簡單、輕易 ⇦名、形動

例句

☞ 手軽な方法。

簡便的方法。

てきおう
適応

義 適應、順應 ⇦名

例句

☞ 状況に適応する。

順應狀況。

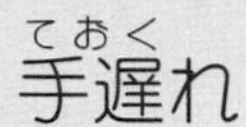

てきせつ
適切

義 恰當、適當 ⇦名、形動

例句

☞ 適切(てきせつ)に表現(ひょうげん)する。

表現得恰如其份。

てぎわ
手際

義 技巧、順序、本領 ⇦名、形動

例句

☞ 手際(てぎわ)よくまとめる。

很有技巧地統整好。

デザート

義 甜點 ⇦名

例句

☞ デザートを買(か)う。

買甜點。

• track 106

手順（てじゅん）

義 順序、程序 ⇦名

例句

☞ 手順（てじゅん）を定（さだ）める。

定下程序。

手（て）ごろ

義 恰當、適當、合用 ⇦名、形動

例句

☞ 手（て）ごろな値段（ねだん）。

合理的價格。(負擔得起的價格)

てんで

義 根本、絲毫 ⇦副

例句

☞ てんで役（えき）に立（た）たない。

一點用都沒有。

•track 107

と

当（とう）

義 本、這個 ⇦接頭

例句

☞ 当店（とうてん）のお薦（すす）め商品（しょうひん）。

本店推薦的產品。

同意（どうい）

義 同意 ⇦名

例句

☞ 相手（あいて）の意見（いけん）に同意（どうい）する。

同意對方的看法。

統合（とうごう）

義 合併、統整、綜合 ⇦名

例句

☞ 一（ひと）つに統合（とうごう）する。

合併成一個。

とうてい
到底

義 無論如何也、怎麼也 ⇦副

例句

☞ 到底成功しない。

無論如何也不會成功。

どうよう
童謡

義 兒歌 ⇦名

例句

☞ 童謡を歌う。

唱兒歌。

どうよう
動揺

義 顛簸、不安、動搖 ⇦名

例句

☞ その知らせに彼女の心は動揺した。

那個通知讓她感到不安。

とくぎ
特技

義 拿手技能 ⇦名

例句

☞ 特技(とくぎ)を披露(ひろう)する。

表演拿手技能。

と
研ぐ

義 磨、淘 ⇦動

例句

☞ 米(こめ)を研(と)ぐ。

淘米。

と だ
途絶える

義 斷絕、中斷 ⇦動

例句

☞ 吹雪(ふぶき)で交通(こうつう)が途絶(とだ)えた。

因暴風雪造成交通中斷。

●track 108

とつじょ
突如

義 突然 ⇦副

例句

☞ 突如(とつじょ)として出現(しゅつげん)する。

突然出現。

ととの
整える

義 整理、調整、準備好 ⇦動

例句

☞ 服装(ふくそう)を整(ととの)える。

裝理好儀容。

とりわけ

義 特別、尤其 ⇦副

例句

☞ とりわけ今日(きょう)は涼(すず)しい。

今天天氣特別涼。

• track 109

どりょく
努力

義 努力 ⇦名

例句

☞ 目標(もくひょう)に向(む)かって努力(どりょく)する。

朝目標努力。

とんや
問屋

義 批發商 ⇦名

例句

☞ 問屋(とんや)から品物(しなもの)を仕入(しい)れる。

從批發商進貨。

な

なえ
苗

義 幼苗 ⇦名

例 句

☞ 野菜の苗。
菜苗。

なが
眺める

義 眺望、凝視 ⇦動

例 句

☞ 景色を眺める。
眺望景色。

なが
流れる

義 流、移動 ⇦動

例 句

☞ 涙が流れる。
流淚。

なごり
名残

義 惜別、遺跡、殘餘 ⇦名

例句

☞ 名残(なごり)を惜(お)しむ。

戀戀不捨。

なじ
馴染む

義 熟悉、融入 ⇦動

例句

☞ 新(あたら)しい環境(かんきょう)にすぐ馴染(なじ)む。

很快就融入新環境。

なだか
名高い

義 有名、著名 ⇦形

例句

☞ メロンの産地(さんち)として名高(なだか)い。

以產哈密瓜聞名。

•track 110

なま
生ぬるい

義 微溫、馬虎 ⇦形

例句

☞ 生(なま)ぬるい水(みず)。

微溫的水。

な
舐める

義 舔、經歷、輕視 ⇦動

例句

☞ あめを舐(な)める。

舔糖果。

☞ 相手(あいて)を舐(な)めてかかる。

輕視對方。

に

似合う（にあう）

義 相配、適合 ⇦動

例句

☞ この洋服（ようふく）はあなたによく似合（にあ）う。

這件衣服很適合你。

逃げ足（にげあし）

義 逃跑 ⇦名

例句

☞ 逃（に）げ足（あし）が速（はや）い。

逃得很快。

逃げ場（にげば）

義 逃避的地方 ⇦名

例句

☞ 逃（に）げ場（ば）がない。

無處容身。／無處可逃避。

●track 111

にこにこ

義 笑盈盈 ⇦副

例句

☞ 逆境(ぎゃっきょう)に直面(ちょくめん)しても彼女(かのじょ)はにこにこしている。

就算面對困境，她仍是微笑以對。

☞ 彼(かれ)はにこにこしながら私(わたし)の背中(せなか)を軽(かる)くたたいた。

他微笑著輕拍我的背。

にこやか

義 笑容滿面 ⇦形動

例句

☞ にこやかな顔(かお)つき。

臉上堆滿笑容。

抜かす（ぬかす）

義 遺漏、超過、掉落 ⇦動

例句

☞ 大事（だいじ）なところを抜（ぬ）かした。

漏了重要的地方。

☞ 車（くるま）を二台（にだい）抜（ぬ）かした。

超了兩台車。

温もり（ぬくもり）

義 溫暖 ⇦名

例句

☞ 太陽（たいよう）の温（ぬく）もり。

太陽的溫暖。

抜け出す（ぬけだす）

義 開溜、領先 ⇦動

●track 112

例 句

☞ 教室(きょうしつ)を抜(ぬ)け出(だ)す。

從教室裡溜出去。

ぬるぬる

義 黏滑地 ⇦副

例 句

☞ 表面(ひょうめん)がぬるぬるしている。

表面黏黏滑滑的。

ね

根（ね）

義 根、根源、本性 ⇦名

例句

☞ 根（ね）を掘（ほ）る。

刨根。

☞ 今回（こんかい）の事件（じけん）は根（ね）が深（ふか）い。

這次的問題根源很深。

熱中（ねっちゅう）

義 熱衷、入迷、專心 ⇦名

例句

☞ ゲームに熱中（ねっちゅう）している。

熱衷玩電腦遊戲。

念願（ねんがん）

義 心願、盼望 ⇦名

●track 113

例 句

☞ 成功(せいこう)を念願(ねんがん)していた。

盼望能成功。

ねむけ
眠気

義 睡意 ⇦名

例 句

☞ 眠気(ねむけ)を催(もよお)す。

睡意襲來。

のぞ
望む

義 希望、眺望 ⇦動

例 句

☞ はるかに富士山（ふじさん）を望（のぞ）む。
遙望富士山。

☞ 幸福（こうふく）を望（のぞ）む。
期待能得到幸福。

ののし
罵る

義 辱罵 ⇦動

例 句

☞ 人（ひと）を口汚（くちぎたな）く罵（ののし）る。
罵人罵得很難聽。

•track 114

は

はあく
把握

義 理解、掌握 ⇦名

例句

☞ 情勢(じょうせい)を把握(はあく)する。

掌握情勢。

はかど
捗る

義 進展 ⇦動

例句

☞ 仕事(しごと)は捗(はかど)っています。

工作進展得很順利。

は き
破棄

義 廢棄、取消 ⇦名

例句

☞ 契約(けいやく)を破棄(はき)する。

廢棄合約。

弾く（はじく）

義 彈、打、防、抗 ⇦動

例句

☞ 弦（つる）を弾（はじ）く。

撥弦。

☞ そろばんを弾（はじ）く。

打算盤。

☞ 油（あぶら）は水（みず）を弾（はじ）く。

油與水不相溶。

華々しい（はなばな）

義 華麗、壯烈 ⇦形

例句

☞ 華々（はなばな）しく登場（とうじょう）した。

華麗登場。

☞ 華々（はなばな）しい活躍（かつやく）ぶり。

大顯身手。

•track 115

はまべ
浜辺

義 海邊、湖邊 ⇦名

例句

☞ 浜辺(はまべ)を散歩(さんぽ)する。

在湖(海)邊散步。

は
生やす

義 生長 ⇦動

例句

☞ 雑草(ざっそう)を生(は)やさないようにしてください。

請別讓雜草叢生。

は あ
張り合う

義 競爭 ⇦動

例句

☞ 互(たが)いに張(は)り合(あ)っている。

彼此競爭。

•track 116

はんじょう
繁盛

義 興旺、興隆 ⇦名、形動

例句

☞ 商売繁盛（しょうばいはんじょう）。

生意興隆。

☞ 店（みせ）が繁盛（はんじょう）する。

店的生意很好。

はんのう
反応

義 反應 ⇦名

例句

☞ 相手（あいて）の反応（はんのう）を見（み）る。

觀察對方的反應。

●track 116

ひ

引（ひ）きずる

義 拖、強行拉 ⇦動

例句

☞ 裾（すそ）を引（ひ）きずって歩（ある）く。

垂著衣襬行走。

一息（ひといき）

義 喘口氣、一口氣、差一步 ⇦名

例句

☞ 一息（ひといき）入（い）れる。

休息一下喘口氣。

☞ 一息（ひといき）に飲（の）み干（ほ）す。

一口氣喝完。

☞ もう一息（ひといき）だ。

還差一步就完成了。/再加把勁。

ひとがら
人柄

義 人品 ⇦名、形動

例句

☞ 人柄(ひとがら)がいい。
人品很好。

ひとじち
人質

義 人質 ⇦名

例句

☞ 人質(ひとじち)を救出(きゅうしゅつ)する。
救出人質。

引(ひ)っ掛(か)ける

義 掛、披上、勾引 ⇦動

例句

☞ コートを壁(かべ)のフックに引(ひ)っ掛(か)けておく。
把外套掛在牆壁的鈎子上。

☞ コートを引(ひ)っ掛(か)ける。
披上外套。

•track 117

☞ 男(おとこ)を引(ひ)っ掛(か)ける。

勾引男人。

ひんしゅ
品種

義 種類 ⇦名

例句

☞ 豊富(ほうふ)な品種(ひんしゅ)。

種類豐富。

ひんじゃく
貧弱

義 體弱、貧乏 ⇦名、形動

例句

☞ 貧弱(ひんじゃく)な体格(たいかく)。

瘦弱的體態。

☞ この映画(えいが)の内容(ないよう)は貧弱(ひんじゃく)だ。

這部電影的內容很貧乏。

敏捷（びんしょう）

義 敏捷 ⇦ 名、形動

例句

☞ 敏捷（びんしょう）な動作（どうさ）。

靈敏的動作。

☞ 敏捷（びんしょう）に乗（の）り移（うつ）る。

敏捷地換乘。

フォーム

義 型式、姿勢 ⇦名

例句

☞ 投球（とうきゅう）フォームがいい。

投球姿勢很好。

フォロー

義 追蹤、幫助 ⇦名

例句

☞ 事件（じけん）の顛末（てんまつ）をフォローする。

追蹤事情的始末。

☞ 新入社員（しんにゅうしゃいん）の業務（ぎょうむ）をフォローする。

協助新人處理業務。

深（ふか）まる

義 加深、變深 ⇦動

例句

☞ 愛情(あいじょう)が深(ふか)まる。

愛情加深。

☞ 秋(あき)が深(ふか)まる。

秋意更濃。

ぶかぶか

義 肥大、寬鬆、(聲響)答答答地 ⇦形動、副

例句

☞ このシャツはぶかぶかだ。

這件襯衫太大了。

☞ ぶかぶかとラッパを吹(ふ)く。

滴滴答答地吹喇叭。

塞(ふさ)ぐ

義 塞、堵 ⇦動

例句

☞ 布(ぬの)でパイプの穴(あな)を塞(ふさ)ぐ。

用布把管子塞住。

☞ うるさくて手(て)で耳(みみ)を塞(ふさ)いだ。

因為太吵了所以摀住耳朵。

●track 119

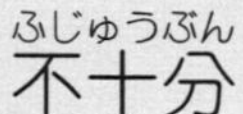

義 不足 ⇦ 名、形動

例句

☞ 不十分(ふじゅうぶん)な証拠(しょうこ)。

不足的證據。

☞ 準備(じゅんび)が不十分(ふじゅうぶん)だ。

準備不足。

ふじゅん
不順

義 不順 ⇦ 名、形動

例句

☞ 不順(ふじゅん)な天気(てんき)。

氣候不佳。

ぶじょく
侮辱

義 侮辱 ⇦ 名

例句

☞ 他人(たにん)を侮辱(ぶじょく)する。

侮辱別人。

ふにん
赴任

義 赴任 ⇦名

例句

☞ 大阪（おおさか）に赴任（ふにん）する。

至大阪赴任。

ふはい
腐敗

義 腐敗 ⇦名

例句

☞ 政治（せいじ）の腐敗（ふはい）を嘆（なげ）く。

感嘆政治腐敗。

ふびょうどう
不平等

義 不公平 ⇦名、形動

例句

☞ 不平等（ふびょうどう）な取（と）り扱（あつか）い。

不公平的待遇。

•track 120

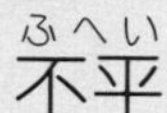

義 不滿意、牢騷 ⇦ 名、形動

例 句

☞ 不平(ふへい)をこぼす。

發牢騷。

☞ 不平(ふへい)の声(こえ)が高(たか)まる。

不滿的聲浪高漲。

ふまん
不満

義 不滿 ⇦ 名、形動

例 句

☞ 不満(ふまん)が爆発(ばくはつ)する。

將不滿表現出來。

ふらふら

義 搖搖晃晃 ⇦ 副

例 句

☞ 熱があるのかふらふらする。

可能因為發燒了所以腳步不穩。

触れる（ふれる）

義 接觸、提到 ⇦動

例句

☞ この点（てん）についても少（すこ）し触（ふ）れておきます。

關於這點也稍微提一下。

☞ 手（て）で軽（かる）く触（ふ）れる。

用手輕輕碰。

付録（ふろく）

義 付錄 ⇦名

例句

☞ 巻末（かんまつ）に付録（ふろく）をつける。

在書末附上附錄。

• track 121

へいさ
閉鎖

義 封閉 ⇦名

例句

☞ 門(もん)を閉鎖(へいさ)する。

把門關閉。

ぺこぺこ

義 空、餓 ⇦副

例句

☞ ボールがぺこぺこにへこむ。

球面陷下去。(沒氣了)

☞ おなかがペコペコだ。

肚子餓了。(小朋友用語)

へだ
隔たり

義 隔閡、間隔 ⇦名

例句

☞ 夫婦(ふうふ)の間(あいだ)に隔(へだ)たりができる。

夫婦間有了隔閡。

隔(へだ)てる

義 隔開、相隔 ⇦動

例句

☞ 彼女(かのじょ)とテーブルを隔(へだ)てて立(た)つ。

和女朋友隔著桌子相對站著。

へりくだる

義 謙遜 ⇦動

例句

☞ 彼(かれ)はいつもへりくだって話(はな)しをする。

他一向都謙遜地說話。

便宜(べんぎ)

義 方便、權宜 ⇦名、形動

例句

• track 122

☞ 便宜(べんぎ)を与(あた)える。

給人方便。

☞ 便宜上(べんぎじょう)これで間(ま)に合(あ)わせよう。

權宜之計就先用這個湊合著。

へんけい
変形

義 變形 ⇦名

例句

☞ 温度(おんど)によって変形(へんけい)する。

因溫度而變形。

ほ

ボイコット

義 抵制、杯葛 ⇦名

例句

☞投票をボイコットする。

不參加投票。／杯葛投票。

飽和（ほうわ）

義 飽和 ⇦名

例句

☞人口は飽和状態に達している。

人口達飽和狀態。

朗らか（ほがらか）

義 開朗 ⇦形動

例句

☞朗らかに毎日を過ごす。

開朗地過每一天。

● track 123

ほじゅう
補充

義 補充 ⇦名

例句

☞ 人員（じんいん）を補充（ほじゅう）する。

補充人手。

ぼしゅう
募集

義 招募 ⇦名

例句

☞ 会員（かいいん）を募集（ぼしゅう）する。

招募會員。

ぼ ち
墓地

義 墓地 ⇦名

例句

☞ 遺骨（いこつ）を墓地（ぼち）に埋葬（まいそう）する。

將遺骨埋在墓地。

ぼつぼつ

義 漸漸 ⇦副

例句

☞ ぼつぼつ始(はじ)める。

慢慢開始。

滅(ほろ)ぶ

義 滅亡 ⇦動

例句

☞ マンモスは氷河期(ひょうがき)に滅(ほろ)んだ。

長毛象是在冰河期滅絕的。

本音(ほんね)

義 真心話 ⇦名

例句

☞ 本音(ほんね)を漏(も)らす。

不小心說出真心話。

●track 124

ほんば
本場

義 原產、發源地 ⇦名

例句

☞ これは本場（ほんば）の台湾料理（たいわんりょうり）。

這是道地的台灣菜。

•track 125

ま

まかな
賄う

義 供給、供餐、維持 ⇦動

例句

☞ 家賃（やちん）は会社（かいしゃ）から賄（まかな）われる。
房租由公司支付。

☞ 寮（りょう）の食事（しょくじ）を賄（まかな）う。
宿舍會供餐。

☞ 少（すく）ない経費（けいひ）で賄（まかな）う。
用微薄的經費維持。

まぎ
紛らわしい

義 容易混淆 ⇦形

例句

☞ このロゴは他社（たしゃ）のと紛（まぎ）らわしい。
這個商標與其他公司的容易混淆。

•track 125

まごまご

義 慌張失措 ⇦副

例句

☞ 出口(でぐち)が分(わ)からず、まごまごする。
不知道出口在哪，所以很慌張。

招(まね)く

義 招致、招待 ⇦動

例句

☞ 披露宴(ひろうえん)に客(きゃく)を招(まね)く。
請客人參加婚宴。

☞ 怒(いか)りを招(まね)く。
惹人生氣。

迷(まよ)う

義 迷失、猶豫 ⇦動

例句

☞ 方向(ほうこう)に迷(まよ)う。
迷失方向。

☞ 判断(はんだん)に迷(まよ)う。

猶豫不決。

まるまる

義 整個、整整、胖嘟嘟 ⇦副

例句

☞ 丸々一ヶ月間(まるまるいっげつかん)の休(やす)み

整整一個月的休假。

☞ 丸々(まるまる)とした体(からだ)つき。

圓滾滾胖胖的身材。

●track 126

み

見下ろす（みおろす）

義 俯瞰、瞧不起人 ⇦動

例句

☞ 山頂（さんちょう）から見下（みお）ろす。

從山頂向下俯瞰。

☞ 人（ひと）を見下（みお）ろす。

瞧不起人。

磨く（みがく）

義 擦、鍛煉 ⇦動

例句

☞ 靴（くつ）を磨（みが）く。

擦鞋子。

☞ 技（わざ）を磨（みが）く。

磨練技巧。

みぐる
見苦しい

義 難看、丟臉 ⇦形

例句

☞ 見苦しい負け方をしてしまった。
輸得很慘。

みこ
見込み

義 希望、可能性、預估 ⇦名

例句

☞ 見込みのある人。
有前途的人。

☞ 見込みが立たない。
無法預估。

みごと
見事

義 精彩、完全、漂亮 ⇦形、副

例句

☞ 見事な腕前を披露した。
展現精彩技藝。

☞ 予想(よそう)が見事(みごと)に的中(てきちゅう)した。

預測完全正確。

☞ ものの見事(みごと)に落第(らくだい)する。

徹底輸了。(反諷；「輸得很慘」之意)

見積(みつ)もる

義 預估、估價 ⇦動

例句

☞ 工事費(こうじひ)を見積(みつ)もる。

預估施工費用。

密集(みっしゅう)

義 密集 ⇦名

例句

☞ 住宅(じゅうたく)が密集(みっしゅう)する。

住宅很密集。

密接(みっせつ)

義 緊密 ⇦名、形動

例句

☞ 隣家の塀に密接する。

和隔壁家的圍牆緊鄰。

☞ 両者は密接な関係にある。

兩者有緊密的關係。

未練（みれん）

義 依戀 ⇦ 名、形動

例句

☞ 未練を残す。

留戀。

•track 128

む

無気力（むきりょく）

義 沒精神 ⇦名、形動

例句

☞ 無気力（むきりょく）から立（だ）ち直（なお）る。

從無精打采中重新振作。

☞ 無気力（むきりょく）な負（ま）け方（かた）。

沒有氣魄的輸法。

報いる（むくいる）

義 報答、回報 ⇦動

例句

☞ 恩（おん）をあだで報（むく）いる。

恩將仇報。

浮腫み（むくみ）

義 浮腫 ⇦名

例句

☞ 足(あし)に浮腫(むくみ)がきている。

腳浮腫。

むざい
無罪

義 無罪 ⇦名

例句

☞ 無罪(むざい)の判決(はんけつ)を受(う)ける。

被判無罪。

むじつ
無実

義 虛構非事實、冤枉 ⇦名

例句

☞ 無実(むじつ)を訴(うった)える。

聲稱無罪。

•track 129

めいはく
明白

義 明白、明顯 ⇦名、形動

例句

☞ 明白(めいはく)な事実(じじつ)だ。
明顯的事實。

めぐ
巡る

義 循環、巡遊、繞行 ⇦動

例句

☞ 季節(きせつ)が巡(めぐ)る。
季節更迭。

☞ 世界(せかい)を巡(めぐ)る。
環遊世界。

めんみつ
綿密

義 周密 ⇦名、形動

例句

☞ 綿密(めんみつ)な計画(けいかく)を立(た)てる。
訂下周密的計畫。

メンツ

義 面子、體面 ⇦ 名

例句

☞ メンツを立(た)てる。
給面子。

☞ メンツがつぶれる。
沒面子。

•track 130

儲(もう)ける

義 賺錢、發財、佔便宜 ⇦動

例句

☞ 株(かぶ)で儲(もう)ける。

用股票賺錢。

もてる

義 具有、受歡迎 ⇦動

例句

☞ やっと宝石(ほうせき)をもてた。

終於擁有寶石。

☞ 女性(じょせい)にもてる。

受女性歡迎。

目下(もっか)

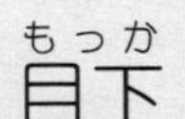

義 現在 ⇦名

例句

☞ 目下(もっか)のところ不明(ふめい)。

目前情況不明。

ものたりない

義 不足、不夠充分 ⇦形

例句

☞ ものたりない説明(せつめい)。

不夠充分的說明。

催(もよお)す

義 舉辦、感覺 ⇦動

例句

☞ 送別会(そうべつかい)を催(もよお)す。

舉辦送別會。

☞ 吐(は)き気(け)を催(もよお)す。

覺得想吐。

●track 131

やしん
野心

義 野心 ⇦名

例句

☞ 野心(やしん)に駆(か)られる。

受野心驅使。

やっき
躍起

義 急躁、激動、拼命 ⇦名、形動

例句

☞ 躍起(やっき)になって否定(ひてい)する。

極力否認。

ややこしい

義 複雜、細瑣 ⇦形

例句

☞ ややこしい問題(もんだい)。

複雜的問題。

• track 132

やんわり

義 柔軟地、委婉地 ⇦副

例句

☞ やんわりと手(て)で触(さわ)る。

用手輕碰。

☞ やんわりと断(ことわ)る。

委婉地拒絕。

ゆううつ
憂鬱

義 憂鬱 ⇦ 名、形動

例句

☞ 憂鬱(ゆううつ)な顔(かお)をする。

一臉憂鬱。

ゆうかん
勇敢

義 勇敢 ⇦ 名、形動

例句

☞ 勇敢(ゆうかん)に突撃(とつげき)する。

勇敢衝鋒。

ゆうせい
優勢

義 優勢 ⇦ 名、形動

例句

☞ 優勢(ゆうせい)を占(し)める。

占優勢。

ゆうめい
有名

義 聞名 ⇦名、形動

例句

☞ 有名(ゆうめい)になる。

變得出名。

ゆうやみ
夕闇

義 黃昏、暮色 ⇦名

例句

☞ 夕闇(ゆうやみ)が迫(せま)る。

快天黑了。

ゆかい
愉快

義 愉快、暢快 ⇦名、形動

例句

☞ 愉快(ゆかい)な一日(ついたち)を送(おく)る。

度過愉快的一天。

• track 133

ゆが
歪む

義 歪斜、不正 ⇦動

例句

☞ 映像(えいぞう)が歪(ゆが)む。

影像扭曲。

☞ 心(こころ)が歪(ゆが)んでいる。

心術不正。

ゆた
豊か

義 富裕、豐富 ⇦形動

例句

☞ 豊(ゆた)かな才能(さいのう)。

豐富的才能。

ゆとり

義 寬裕 ⇦名

例句

☞ ゆとりのある生活(せいかつ)。

富裕的生活。

<ruby>揺<rt>ゆ</rt></ruby>らぐ

義 搖動 ⇦動

例句

☞ 風(かぜ)に揺(ゆ)らぐ。

被風吹得搖動。

緩(ゆる)やか

義 緩和、寛大、舒暢 ⇦形動

例句

☞ 斜度(しゃど)が緩(ゆる)やか。

坡度很緩。

☞ 基準(きじゅん)を緩(ゆる)やかにする。

把標準放寛

☞ 緩(ゆる)やかな気分(きぶん)。

舒暢的心情。

•track 134

擁護（ようご）

義 擁護 ⇦名

例句

☞ 自由（じゆう）を擁護（ようご）する。

擁護自由。

よほど

義 相當、很 ⇦副、形動

例句

☞ よほど自信（じしん）があるのだろう。

想必是很有自信。

蘇る（よみがえる）

義 復活、甦醒 ⇦動

例句

☞ 記憶（きおく）が蘇（よみがえ）る。

喚起了記憶。

ら

ライバル

義 競爭對手 ⇦名

例句

☞ あの二人（ふたり）は永遠（えいえん）のライバルだ。

那兩人是永遠的競爭對手。

らくたん
落胆

義 灰心、沮喪 ⇦名

例句

☞ 試験（しけん）に落（お）ちて落胆（らくたん）する。

因考試失敗而沮喪。

らんぼう
乱暴

義 粗魯、蠻橫 ⇦名、形動

例句

☞ 品物（しなもの）を乱暴（らんぼう）に扱（あつか）う。

對商品很粗魯的拿取。

●track 135

り

リード

義 領先、帶領 ⇦名

例句

☞5対(たい)3でリードしている。

以5比3領先。

両立(りょうりつ)

義 並立、並存 ⇦名

例句

☞仕事(しごと)と家事(かじ)を両立(りょうりつ)させる。

同時兼顧工作和家事。

ルーズ

義 鬆懈、散漫 ⇦形動

例句

☞時間(じかん)にルーズである。

不遵守時間。

れ

れきぜん
歴然

義 明顯、清楚 ⇦形動

例 句

☞ 歴然(れきぜん)な証拠(しょうこ)。

證據確鑿。

れんけい
連携

義 合作 ⇦名

例 句

☞ 父母(ふぼ)と教師(きょうし)の連携(れんけい)をみつにする。

父母和教師密切合作。

れんたい
連帯

義 合作、連帶 ⇦名

例 句

☞ 連帯感(れんたいかん)を持(も)っている。

有著一種團結的連帶感。

•track 136

☞ 連帯して債務を負う。

連帶負起債務責任。

れんぱつ
連発

義 接連發生、接連發出　⇦名

例句

☞ ギャグが連発した。

連續使出搞笑橋段。

ろ

ろうほう
朗報

義 喜訊、好消息 ⇦名

例句

☞ 朗報（ろうほう）を手（て）にする。

接到喜訊。

ろく
碌に

義 很好地、滿意地 ⇦形動

例句

☞ 最近（さいきん）は忙（いそが）しくて碌（ろく）に休（やす）みも取（と）れない。

最近太忙了都沒辦法好好休息。

ろこつ
露骨

義 坦率、毫不顧忌、赤裸裸 ⇦名、形動

例句

☞ 露骨（ろこつ）な悪意（あくい）を示（しめ）す。

表現出明顯的惡意。

● track 137

ロマンチック

義 浪漫的 ⇦形動

例句

☞ ロマンチックな雰囲気(ふんいき)。

浪漫的氣氛。

論(ろん)ずる

義 論述、爭辯、當作問題 ⇦動

例句

☞ 現代文学(げんだいぶんがく)について論(ろん)ずる。

針對現代文學發表評論。

☞ 夜(よる)を徹(てっ)して論(ろん)ずる。

徹夜爭辯。

わ

わざわざ

義 特地、故意 ⇦副

例句

☞ わざわざ駅(えき)まで送(おく)りに行(い)く。

特別送到車站。

煩(わずら)わしい

義 麻煩、瑣碎 ⇦形

例句

☞ 煩(わずら)わしい手続(てつづ)き。

麻煩的手續。

割(わ)り込(こ)む

義 擠進、插入 ⇦動

例句

☞ 話(はなし)に割(わ)り込(こ)む。

插話。

單字
比較篇

• track 139

うっかり、ぼんやり

うっかり

義 不留神、漫不經心 ⇦副

例句

☞ うっかりして乗(の)り越(こ)した。

不小心坐過站。

☞ うっかりミスした。

不小心犯了錯。

ぼんやり

義 不清楚、發呆、恍惚 ⇦副

例句

☞ 記憶(きおく)がぼんやりとしている。

記不清楚。

☞ 月(つき)がぼんやりと見(み)える。

隱約可看見月亮。

☞ 頭(あたま)がぼんやりとして、物事(ものごと)に集中(しゅうちゅう)できません。

頭腦恍惚，無法集中。

にこにこ、にやにや

にこにこ

義 笑盈盈 ⇦副

例句

☞ 逆境に直面しても彼女はにこにこしている。
就算面對困境，她仍是微笑以對。

☞ 彼はにこにこしながら私の背中を軽くたたいた。
他微笑著輕拍我的背。

にやにや

義 默默地笑、奸笑 ⇦副

例句

☞ クラスの男子がにやにやしてこっちを見ている。
班上的男生看著這邊奸笑。

☞ まんまと大金を手に入れてにんまりする。
得到大筆金錢忍不住偷笑。
（にんまり＝にやにや）

●track 140

☞ 母(はは)は朝(あさ)から意味(いみ)ありげににやにやしている。

媽媽從早上就好像有什麼事般帶著笑容。

☞ 何(なに)をにやにやしてるんだ。

你不出聲地在笑什麼。

☞ 思(おも)い出(だ)しては一人(ひとり)でにやにやしている。

想到了什麼事一個人不出聲地笑著。

くたくた、へとへと

くたくた

義 筋疲力竭、累到無力 ⇦副

例 句

☞ 仕事(しごと)でくたくたになった。
工作得筋疲力竭。

☞ さんざん歩(ある)かされてくたくたになる。
走了很多路，累得無力。

へとへと

義 累得無力、累得氣喘噓噓 ⇦副

例 句

☞ 連日(れんじつ)の残業(ざんぎょう)でへとへとに疲(つか)れた。
連日加班讓人累得喘不過氣。

☞ へとへとでもう歩(ある)けない。
氣喘如牛再也走不動了。

•track 141

正面（しょうめん）、向（む）かい

正面（しょうめん）

義 正面、前方、當面、面對面 ⇦名

例句

☞ 正面（しょうめん）から出入（でい）りする。

從正面進出。

☞ 正面（しょうめん）を向（む）く。

面對正面。

向（む）かい

義 對面、正對面 ⇦名

例句

☞ 駅（えき）の向（む）かいにあるカフェ。

在車站對面的咖啡廳。

☞ 友達（ともだち）は向（む）かいの家（いえ）に住（す）んでいた。

朋友住在對面。

隣(となり)、横(よこ)

隣(となり)

義 (同等級並列)旁邊、隔壁 ⇦名

例句

☞ 隣(となり)に住(す)んでいる人(ひと)。

住在隔壁的人。

☞ 中学校(ちゅうがっこう)で同(おな)じクラスだった友達(ともだち)が隣(となり)に座(すわ)っている。

以前高中的同學坐在我旁邊。

横(よこ)

義 (附屬關係)旁邊 ⇦名

例句

☞ 美女(びじょ)の横(よこ)にいる。

在美女旁邊。

☞ 複合機(ふくごうき)をパソコンの横(よこ)に置(お)く。

把複合機放在電腦的旁邊。

• track 142

階段(かいだん)、段階(だんかい)

かいだん
階段

義 樓梯 ⇦名

例 句

☞ 階段(かいだん)を上(のぼ)って3階(かい)へ行(い)く
上樓梯到3樓。

☞ 階段(かいだん)を踏(ふ)み外(はず)す。
在爬樓梯時踩空。

だんかい
段階

義 階段 ⇦名

例 句

☞ 今(いま)の段階(だんかい)では何(なん)とも言(い)えない。
在現階段無話可說。

☞ 新段階(しんだんかい)に入(はい)る。
進入新階段。

評判(ひょうばん)、評価(ひょうか)

評判（ひょうばん）
義 評價、傳聞 ⇦ 名、形動

例句

☞ あの人(ひと)は評判(ひょうばん)がいい。
那個人的評價很好。

☞ あの店(みせ)は評判(ひょうばん)が悪(わる)い。
那家店的評價很差。

評価（ひょうか）
義 評估、評價、好評 ⇦ 名

例句

☞ この映画(えいが)は評価(ひょうか)できる。
這部電影可以受到好評。

☞ 能力(のうりょく)があるのに評価(ひょうか)されなかった。
有能力卻不受好評。

• track 143

けんとう　はんせい
検討、反省

けんとう
検討

義 討論 ⇦名

例句

☞ 予算(よさん)を検討(けんとう)する。

討論預算。

☞ 検討(けんとう)を重(かさ)ねる。

反覆討論。

はんせい
反省

義 検討、反省 ⇦名

例句

☞ 一日(ついたち)の行動(こうどう)を反省(はんせい)してみる。

反省一天的行為看看。

☞ 過(あやま)ちを素直(すなお)に反省(はんせい)する。

誠實地反省錯誤。

•track 144

きんしん　しんちょう
謹慎、慎重

きんしん
謹慎

義 在家反省、小心　⇦ 名、形動

例句

☞ 酒(さけ)をやめて謹慎(きんしん)する
戒酒並深自反省。

☞ 謹慎(きんしん)の意(い)を表(あらわ)す。
表示會小心謹慎。

しんちょう
慎重

義 慎重、小心　⇦ 名、形動

例句

☞ 慎重(しんちょう)に検討(けんとう)を重(かさ)ねる。
慎重地反履討論。

☞ 慎重(しんちょう)に対応(たいおう)する。
小心對應。

●track 144

結局(けっきょく)、結末(けつまつ)

結局(けっきょく)

義 結果、最後 ⇦名、副

例句

☞ あれこれやってみたが、結局(けっきょく)だめだった

做了很多努力，結果還是不行。

☞ 頑張(がんば)って走(はし)ったが、結局(けっきょく)ビリだった。

很努力地跑了，結果還是最後一名。

結末(けつまつ)

義 結尾、結局 ⇦名

例句

☞ 連載小説(れんさいしょうせつ)に結末(けつまつ)をつける。

寫連載小說的結局。

☞ 悲惨(ひさん)な結末(けつまつ)。

悲慘的結局。

しつもん 質問、きつもん 詰問

しつもん
質問

義 發問 ⇦名

例句

☞ 質問(しつもん)に答(こた)える。

回答問題。

☞ 先生(せんせい)に質問(しつもん)する。

向老師發問。

きつもん
詰問

義 質問 ⇦名

例句

☞ 延期(えんき)の理由(りゆう)を詰問(きつもん)する。

被質問延遲的理由。

☞「あんたは何者(なにもの)だ」と一人(ひとり)の男(おとこ)に詰問(きつもん)された。

被一個男的質問「你是誰？」。

●track 145

趣味(しゅみ)、興味(きょうみ)

趣味(しゅみ)

義 嗜好、愛好 ⇦名

例句

☞ 趣味(しゅみ)は読書(どくしょ)です。

興趣是閱讀。

☞ 私(わたし)の趣味(しゅみ)はピアノを弾(ひ)くことです。

我的興趣是彈鋼琴。

興味(きょうみ)

義 興趣、興致 ⇦名

例句

☞ 興味(きょうみ)がわく。

產生興趣。

☞ 英語(えいご)に興味(きょうみ)を持(も)っている。

對英文很有興趣。

●track 146

適当(てきとう)、適度(てきど)

適当(てきとう)

義 適切、恰當、隨便、馬虎 ⇦名、形動

例句

☞ この仕事(しごと)に適当(てきとう)な人材(じんざい)。

適合這個工作人材。

☞ 調味料(ちょうみりょう)を適当(てきとう)に加(くわ)える。

隨便加調味料。

適度(てきど)

義 適量 ⇦名、形動

例句

☞ 適度(てきど)な運動(うんどう)でダイエットする。

用適度的運動減肥。

☞ 人生(じんせい)には適度(てきど)なストレスが必要(ひつよう)です。

人生需要適度的壓力。

•track 146-147

反対（はんたい）、一方（いっぽう）

反対（はんたい）

義 相反、顛倒、另一邊、反對 ⇦名、形動

例句

☞ 左右反対（きゅうはんたい）に置（お）く。

左右對調放。

☞ 反対（はんたい）の手（て）を出（だ）す。

伸出另一隻手。

☞ 法案（ほうあん）に反対（はんたい）する。

反對法案。

一方（いっぽう）

義 一面、一方、另一方面、卻、越來越…

⇦名、接尾、接續

例句

☞ 根気強（こんきづよ）い一方（いっぽう）、短気（たんき）なところもある。

有具耐心的一面，但也有沒耐性的地方。

☞ 一方（いっぽう）の意見（いけん）だけでは決（き）められない。

不能單憑一方的意見決定。

☞ 太る一方。

越來越胖。

☞ 褒める一方悪口を言う。

一面稱贊，一面說壞話。

☞ 人の波が一方に流れる。

人潮向同一方向流去。

☞ 人口は増える一方だ。

人口不斷增加。

☞ 多くの国々はすでに経済発展を遂げた。一方、貧困のままに置かれた国々もある。

多數的國家的經濟已經很發達。但另一方面，有國家處於貧困的局面。

同音
單字篇

●track 148

じき

時期（じき）

義 時期、時候、期間 ⇦名

例句

☞ 苦難（くなん）の時期（じき）を乗（の）り越（こ）える。

渡過充滿苦難的時期。

☞ 今（いま）はまだその時期（じき）ではない。

現在還不到時候。

磁器（じき）

義 瓷器 ⇦名

例句

☞ 磁器（じき）を焼（や）く。

燒瓷器。

☞ 磁器（じき）のお皿（さら）。

瓷盤。

じどう

児童

義 兒童 ⇦名

例句

☞ これは児童向けの絵本です。

適合兒童的繪本。

☞ 児童福祉法では18歳未満のものは児童です。

兒童福利法中規定未滿18歲的為兒童。

自動

義 自動 ⇦名

例句

☞ 幼児が自動改札を通る。

幼兒經過自動驗票口。

☞ インターネット時刻サーバーを使用して、1週間に1度時刻の調整を自動的に行うことができます。

利用網路上的時間服務網站，每星期會自動調整時間一次。

●track 149

じゅうたい

じゅうたい
渋滞

義 堵塞、不順暢 ⇦名

例句

☞ 渋滞(じゅうたい)に巻(ま)き込(こ)まれる。

陷入塞車的車陣中。

☞ 渋滞(じゅうたい)のない経路(けいろ)を選択(せんたく)する。

選擇不塞車的路。

じゅうたい
重体

義 重傷 ⇦名

例句

☞ 事故(じこ)で重体(じゅうたい)に陥(おちい)る。

因為事故而受重傷。

☞ 負傷(ふしょう)して重体(じゅうたい)である。

受了重傷。

しょうにん

しょうにん
承認

義 承認、同意、批准 ⇦名

例 句

☞ 法律に基づいて承認を受ける。

基於法律批准。

☞ 正式に承認する。

正式同意。

しょうにん
証人

義 證人 ⇦名

例 句

☞ 証人になった。

成為證人。

☞ 証人として出廷する。

以證人身份出庭。

●track 150

こうはい

こうはい
後輩

義 晚輩、學弟妹 ⇐名

例句

☞ 自分よりも有能な後輩に追い抜かされそうで毎日怯えています。

每天都很害怕被比自己有能力的晚輩超越。

☞ 後輩を叱る。

責罵晚輩。

こうはい
荒廃

義 荒廢 ⇐名

例句

☞ 戦争で国土が荒廃する。

因為戰爭導致國土荒廢。

☞ 人心の荒廃した社会。

人心荒廢的社會。

ふさい

ふさい
負債

義 負債 ⇦名

例句

☞ 負債がある。
有債務。

☞ 多額の負債を抱えている。
有高額負債。

ふさい
夫妻

義 夫妻 ⇦名

例句

☞ 山田夫妻も来るそうだ。
聽說山田夫婦也會來。

☞ お隣のご夫妻は仲良しです。
隔壁的夫妻感情很好。

●track 151

かてい

かてい
仮定

義 假設 ⇦名

例句

☞ 仮定(かてい)の上(うえ)に立(た)って物(もの)を言(い)う。

在假設上表示看法。

☞ 仮定(かてい)の話(はなし)。

假設的說法。

かてい
過程

義 過程 ⇦名

例句

☞ 進化(しんか)の過程(かてい)。

進化過程。

☞ 「結果(けっか)」よりも「過程(かてい)」で魅(み)せる。

過程比結果更吸引人。

でんせん

でんせん
伝染

義 傳染 ⇦名

例 句

☞ あくびが伝染（でんせん）する。

打呵欠會傳染。

☞ 伝染（でんせん）を予防（よぼう）する。

防止傳染。

でんせん
電線

義 電線、電纜 ⇦名

例 句

☞ 電線（でんせん）を架（か）する。

架電纜。

☞ 高圧電線（こうあつでんせん）が爆発（ばくはつ）する。

高壓電纜爆炸。

●track 152

かいせい

快晴（かいせい）

義 晴朗的天氣 ⇦名

例句

☞ 快晴（かいせい）に恵（めぐ）まれた山（やま）。

在晴朗天氣下的山脈。

☞ 快晴（かいせい）の二日間（ふつかかん）。

晴朗的兩天。

改正（かいせい）

義 修改、修正 ⇦名

例句

☞ 校則（こうそく）を改正（かいせい）する。

修改校規。

☞ 最近改正（さいきんかいせい）した条例（じょうれい）。

最近修改過的條例。

たいそう

たいそう
大層

義 非常、誇張 ⇦副、形動

例句

☞ 大層(たいそう)な暑(あつ)さ。

非常熱。

☞ つまらないことを大層(たいそう)に言(い)う。

把無聊的事說得很誇大。

たいそう
体操

義 體操 ⇦名

例句

☞ ラジオ体操(たいそう)。

國民健康操。

☞ 新体操(しんたいそう)を習(なら)う。

學習韻律體操。

• track 153

かんじょう

かんじょう
感情

義 感情 ⇦名

例 句

☞ 感情(かんじょう)を抱(いだ)く。

懷有感情。

☞ 感情(かんじょう)を抑(おさ)える。

壓抑感情。

かんじょう
勘定

義 算、算帳、帳款 ⇦名

例 句

☞ 勘定(かんじょう)を済(す)まして店(みせ)を出(で)る。

結完帳走出店面。

☞ 数字(すうじ)を勘定(かんじょう)する。

計算數字。

きしょう

きしょう
気象

義 氣象 ⇦名

例句

☞ 気象予報士になりたい。

想成為氣象預報員。

☞ 世界に目をやると、各地を異常気象が襲っている。

放眼世界，各地都正遭遇異常的天氣。

きしょう
希少

義 稀少 ⇦形動

例句

☞ 今時希少な存在。

在現今是稀少的存在。

☞ 希少な野生生物。

稀少的野生動物。

• track 154

きょうぎ

きょうぎ
協議

義 協議、商議 ⇦名

例句

☞ 首相公邸で対応を約2時間協議した。

在首相官邸花了2個小時協商對策。

☞ 対策を協議する。

協商對策。

きょうぎ
競技

義 比賽、體育比賽 ⇦名

例句

☞ 陸上競技を題材とした作品。

以田徑運動為主題的作品。

☞ 新しい競技に挑戦する。

挑戰新的比賽項目。

こうかい

こうかい
公開

義 公開 ⇦名

例句

☞ 公開(こうかい)の席(せき)で明言(めいげん)する。

在公開的場合明說。

☞ 当社(とうしゃ)に秘密(ひみつ)はない。何(なん)でも公開(こうかい)する。

本公司沒有祕密，什麼都可以公開。

こうかい
後悔

義 後悔 ⇦名

例句

☞ 今(いま)さら後悔(こうかい)しても始(はじ)まらない。

現在後悔也來不及了。

☞ 人生(じんせい)は短(みじか)いんだから後悔(こうかい)したくない。

人生苦短，所以不想後悔。

•track 155

はんらん

はんらん
氾濫

義 泛濫、過多 ⇦名

例句

☞ 豪雨で河川が氾濫する。

因豪雨而河川泛濫。

☞ 情報が氾濫する。

資訊泛濫。

はんらん
叛乱

義 叛亂 ⇦名

例句

☞ 叛乱を鎮める。

鎮壓叛亂。

☞ 戦闘状況での抗命や叛乱は最高で死刑です。

在戰爭時抗命或是叛亂最高可處死刑。

●track 156

さいしゅう

さいしゅう
最終

義 最後、最末尾 ⇦ 名、副

例句

☞ いよいよ最終（さいしゅう）の局面（きょくめん）を迎（むか）える。
終於要迎接最後的情況了。

☞ 最終（さいしゅう）に間（ま）に合（あ）う。
最後終於來得及。

さいしゅう
採集

義 採集、收集 ⇦ 名

例句

☞ カブトムシを採集（さいしゅう）する場所（ばしょ）。
採集獨角仙的地方。

☞ 植物（しょくぶつ）を採集（さいしゅう）する機会（きかい）はいろいろである。
有很多採集植物的機會。

●track 156

へいき

平気（へいき）

義 冷靜、不介意 ⇦名、形動

例句

☞ 何（なに）が起（お）きても平気（へいき）だ。

不管發生什麼事都很冷靜(沒關係)。

☞ 平気（へいき）でうそをつく。

很冷靜的說謊。

兵器（へいき）

義 武器 ⇦名

例句

☞ 対空兵器（たいくうへいき）は航空機（こうくうき）などを撃墜（げきつい）するための兵器（へいき）である。

對空武器是將飛機等擊落的武器。

☞ 兵器（へいき）を開発（かいはつ）する

開發武器。

•track 157

しきゅう

しきゅう
至急

義 火速、急 ⇦名、副

例句

☞ 至急(しきゅう)お帰(かえ)りください。

請火速回來。

☞ 至急連絡(しきゅうれんらく)してほしい。

希望你盡快聯絡。

しきゅう
支給

義 支付 ⇦名

例句

☞ 手当(てあて)を支給(しきゅう)する。

付津貼。

☞ この冬(ふゆ)、ボーナスが支給(しきゅう)されなかった。

這個冬天，沒有拿到獎金。

いこう

以降（いこう）

義 之後 ⇦名

例句

☞ 十一月以降の予定。（じゅういちがついこう／よてい）

十一月以後的預定事項。

☞ 来年の一月以降に三ヶ月語学留学しようと考えています。（らいねん／いちがついこう／さんかげつごがくりゅうがく／かんが）

考慮明年一月以後要去遊學三個月。

意向（いこう）

義 意圖、意向 ⇦名

例句

☞ 相手の意向を伺う。（あいて／いこう／うかが）

尋問對方的意向。

☞ 意向にそうよう努力する。（いこう／どりょく）

遵照意向努力。

●track 158

たいしょう

たいしょう
対象

義 對象 ⇦名

例句

☞ 幼児を対象とする絵本。

以幼兒為目標的繪本。

☞ 調査の対象は、関東、関西在住の携帯電話利用者です。

調查對象是住在關東、關西的手機使用者。

たいしょう
対照

義 對照、對比 ⇦名

例句

☞ 訳文を原文と対照する。

把譯文和原文對照。

☞ 好対照をなす。

好的對比。

•track 158

そうさ

そうさ
操作

義 操作、運作 ⇦名

例句

☞ 株価(かぶか)を操作(そうさ)する。

炒作股價。

☞ Excel を操作(そうさ)する。

使用Excel。

そうさ
捜査

義 搜查、查訪 ⇦名

例句

☞ 殺人事件(さつじんじけん)を捜査(そうさ)する。

調查殺人事件。

☞ 徹底的(てっていてき)に捜査(そうさ)する。

徹底搜查。

•track 159

ちゅうしゃ

ちゅうしゃ
注射

義 注射、打針 ⇦名

例句

☞ 薬を注射する。

打針。/注射藥品。

☞ 予防注射を受けた。

打預防針。

ちゅうしゃ
駐車

義 停車 ⇦名

例句

☞ 路上に駐車する。

在路邊停車。

☞ 駐車禁止の看板。

禁止停車的看板。

•track 159

かいだん

かいだん
階段

義 樓梯 ⇦名

例句

☞ 階段(かいだん)を上(あ)がる。

上樓梯。

☞ 階段(かいだん)から落(お)ちた。

摔下樓梯。

かいだん
会談

義 面談、談判 ⇦名

例句

☞ 訪英(ほうえい)したオバマ大統領(だいとうりょう)は、元首相(もとしゅしょう)と会談(かいだん)することとなった。

訪問英國的歐巴馬總統，和前首相面談。

☞ 駐日(ちゅうにち)アメリカ大使(たいし)と会談(かいだん)する。

和美國駐日大使會談。

かいほう

介抱（かいほう）

義 照顧 ⇦名

例句

☞ 道（みち）に倒（たお）れていた女性（じょせい）を介抱（かいほう）する。

照顧倒在路邊的女性。

☞ 酔（すい）っ払（ぱら）いを介抱（かいほう）する。

照顧喝醉酒的人。

解放（かいほう）

義 解放、解脫、解除 ⇦名

例句

☞ 貧困（ひんこん）から解放（かいほう）される

從貧困生活中得到解脫。

☞ 家事労働（かじろうどう）から解放（かいほう）される。

從家事勞動中得到解脫。

●track 160

きかく

企画（きかく）

義 規畫、計畫　⇦名

例句

☞ 来年の公演を企画する。

計畫明年的公演。

☞ 新企画が進行中だ。

現在正在進行新計畫。

規格（きかく）

義 規格、標準　⇦名

例句

☞ 規格をはみ出した人物。

超出規範的人物。

☞ 現在国内で利用されているこちらの商品は、3つの規格があります。

現在國內使用的這項商品，有3種規格。

きゅうそく

きゅうそく
急速

義 迅速、快速 ⇦ 名、形動

例句

☞ 企業(きぎょう)を取(と)り巻(ま)く環境(かんきょう)は、常(つね)に急速(きゅうそく)な変化(へんか)が伴(ともな)います。

在企業所處環境中，常伴隨著急遽的變化。

☞ 急速(きゅうそく)に成長(せいちょう)する。

急速成長。

きゅうそく
休息

義 休息 ⇦ 名

例句

☞ しばし休息(きゅうそく)する。

稍作休息。

☞ 目一杯働(めいっぱいはたら)き、目一杯休息(めいっぱいきゅうそく)する人(ひと)。

拚命工作，拚命休息的人。

けっこう

決行（けっこう）

義 堅決進行 ⇦名

例句

☞ 悪天（あくてん）をついて登頂（とうちょう）を決行（けっこう）する。

就算天氣不好過堅決要登上山頂。

☞ 予選（よせん）は雨天決行（うてんけっこう）です。

預賽就算雨天也要進行。

欠航（けっこう）

義 停駛、停飛 ⇦名

例句

☞ 荒天（こうてん）のため欠航（けっこう）する。

因為天候不佳而停駛。

☞ 台風（たいふう）で海（うみ）、空（そら）の便（びん）、欠航相次（けっこうあいつ）ぐ。

因為颱風的關係、海空交通相繼停駛。

しんこく

深刻（しんこく）

義 嚴肅、嚴重 ⇦名、形動

例句

☞ 就職難（しゅうしょくなん）の問題（もんだい）が深刻（しんこく）になっている。

就業困難的問題越來越嚴重。

☞ 疲（つか）れたと深刻（しんこく）な表情（ひょうじょう）で訴（うった）える。

嚴肅的表情表示其疲累。

申告（しんこく）

義 申報、報告 ⇦名

例句

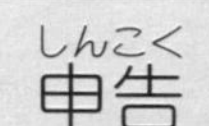

☞ 選手（せんしゅ）の交替（こうたい）を申告（しんこく）する。

要求更換選手。

☞ 確定申告（かくていしんこく）の期限（きげん）は3月（がつ）15日（にち）まで。

所得申報的期限是3月15日。

●track 162

せんこう

選考（せんこう）

義 選拔、評審 ⇦名

例句

☞ 受賞者（じゅしょうしゃ）を選考（せんこう）する。

選拔得獎者。

☞ 第1次選考（だいいちじせんこう）を行（おこな）ったが、書類選考（しょるいせんこう）で「該当者（がいとうしゃ）なし」と判断（はんだん）した。

雖然進行了第一次評審，但在書面選評中，判斷無人獲選。

専攻（せんこう）

義 主修、專門研究 ⇦名

例句

☞ 大学（だいがく）で法律（ほうりつ）を専攻（せんこう）している。

在大學主修法律。

☞ 大学卒（だいがくそつ）の資格（しかく）があれば、どのような分野（ぶんや）の専攻（せんこう）であれ、受験（じゅけん）は可能（かのう）です。

如果有大學畢業的學歷，不管那個領域的專門研究，都可以報考。

ようご

ようご
用語

義 措詞、用語 ⇦名

例句

☞ 哲学の専門用語。

哲學專門用語。

☞ テレビ業界には独特の専門用語があります。

電視圈有獨特的專業用語。

ようご
養護

義 養護、保健 ⇦名

例句

☞ 当園は児童福祉法に基づく児童養護施設です。

本院是依循兒童福利法而設立的育幼院。

☞ 特別養護老人ホーム。

老人中心。

●track 163

いぜん

いぜん
以前

義 之前、過去 ⇦副

例句

☞ 二時以前に到着する。

在兩點之前到達。

☞ 以前会ったことがある。

以前曾見過面。

いぜん
依然

義 依然、仍然 ⇦形動、副

例句

☞ 台風は依然南方洋上にいすわっている。

颱風依然在南方海面上滯留。

☞ 平成21年の国際テロ情勢は、依然として厳しい状況で推移しました。

平成21年的國際恐怖攻擊情勢，依然日益嚴重。

www.foreverbooks.com

永續圖書線上購物

我們家的書，你在這裡都買得

這句日語你用對了嗎

擺脫中文思考的日文學習方式

列舉台灣人學日文最常混淆的各種用法

讓你用「對」的日文順利溝通

日本人都習慣這麼說

學了好久的日語，卻不知道…

梳頭髮該用哪個動詞？延長線應該怎麼說？

黏呼呼是哪個單字？當耳邊風該怎麼講？

快翻開這本書，原來日本人都習慣這麼說！

驚喜無限！

不定期推出優惠特賣

永續圖書總代理：專業圖書發行、書局經銷、圖書出版

電話：(886)-2-8647-3663 傳真：(886)-2-86473660

服務信箱: yungjiuh@ms45.hinet.net

五觀藝術出版社、培育文化、棋茵出版社、達觀出版社、可道

坊、白橡文化、大拓文化、讀品文化、雅典文化、手藝家出版社

頂天文化、璞珅出版社…………

這就是你要的日語文法書

同時掌握動詞變化與句型應用

最淺顯易懂的日語學習捷徑

一本書奠定日語基礎

日文單字萬用手冊

最實用的單字手冊

生活單字迅速查詢

輕鬆充實日文字彙

超實用的商業日文 E-mail

10 分中搞定商業 E-mail

中日對照 E-mail 範本 讓你立即就可應用

不小心就學會日語

最適合初學者的日語文法書

一看就懂得學習方式

循序漸進攻略日語文法

日檢單字+文法一本搞定N1／雅典日研所 企編. -- 初版.
- -新北市汐止區 ： 雅典文化, 民100.02
面； 公分. --（日語高手：01）
ISBN⊙978-986-6282-27-0（平裝附光碟片）
1.日語 2.詞彙 3.語法 4.能力測驗
803.189 99025663

日語高手系列：01

日檢單字+文法一本搞定 N1

企　　編｜雅典日研所
出 版 者｜雅典文化事業有限公司
登 記 證｜局版北市業字第五七〇號
發 行 人｜黃玉雲
執行編輯｜許惠萍
編 輯 部｜22103 新北市汐止區大同路三段 194 號 9 樓之 1
TEL ／(02)86473663
FAX ／(02)86473660
劃撥帳號｜18965580 雅典文化事業有限公司
法律顧問｜中天國際法事務所 涂成樞律師、周金成律師
總 經 銷｜永續圖書有限公司
22103 新北市汐止區大同路三段 194 號 9 樓之 1
E-mail: yungjiuh@ms45.hinet.net
網站：www.foreverbooks.com.tw
郵撥：18669219
TEL ／(02)86473663
FAX ／(02)86473660

出 版 日｜2011 年 02 月

Printed Taiwan, 2011 All Rights Reserved
版權所有，任何形式之翻印，均屬侵權行爲

雅典文化 讀者回函卡

謝謝您購買這本書。

為加強對讀者的服務，請您詳細填寫本卡，寄回雅典文化；並請務必留下您的E-mail帳號，我們會主動將最近"好康"的促銷活動告 訴您，保證值回票價。

書　　名：日檢單字+文法一本搞定 N1

購買書店：＿＿＿＿市／縣＿＿＿＿＿＿＿書店

姓　　名：＿＿＿＿＿＿　生　　日：＿＿＿年＿＿月＿＿日

身分證字號：＿＿＿＿＿＿＿＿＿＿

電　　話：(私)＿＿＿＿ (公)＿＿＿＿ (手機)＿＿＿＿

地　　址：□□□ ＿＿＿＿＿＿＿＿＿＿

E - mail ：＿＿＿＿＿＿＿＿＿＿

年　　齡：□ 20歲以下　□ 21歲~30歲　□ 31歲~40歲　□ 41歲~50歲　□ 51歲以上

性　　別：□ 男　□ 女　婚姻：□ 單身　□ 已婚

職　　業：□學生　□大眾傳播　□自由業　□資訊業　□金融業　□銷售業　□服務業　□教職　□軍警　□製造業　□公職　□其他

教育程度：□高中以下（含高中）□大專　□研究所以上

職 位 別：□負責人　□高階主管　□中級主管　□一般職員□專業人員

職 務 別：□管理　□行銷　□創意　□人事、行政　□財務、法務　□生產　□工程　□其他＿＿＿

您從何得知本書消息？

□逛書店　□報紙廣告　□親友介紹
□出版書訊　□廣告信函　□廣播節目
□電視節目　□銷售人員推薦
□其他＿＿＿＿＿＿＿＿

您通常以何種方式購書？

□逛書店　□劃撥郵購　□電話訂購　□傳真訂購　□信用卡
□團體訂購　□網路書店　□其他＿＿＿＿

看完本書後，您喜歡本書的理由？

□內容符合期待　□文筆流暢　□具實用性　□插圖生動
□版面、字體安排適當　□內容充實
□其他＿＿＿＿＿＿＿＿

看完本書後，您不喜歡本書的理由？

□內容不符合期待　□文筆欠佳　□內容平平
□版面、圖片、字體不適合閱讀　□觀念保守
□其他＿＿＿＿＿＿＿＿

您的建議：

＿＿＿＿＿＿＿＿＿＿＿＿＿＿＿

請用膠帶黏貼

廣告回信
基隆郵局登記證
基隆廣字第 056 號

221-03

新北市汐止區大同路三段 194 號 9 樓之 1

雅典文化事業有限公司

編輯部　收

請沿此虛線對折免貼郵票，以膠帶黏貼後寄回，謝謝

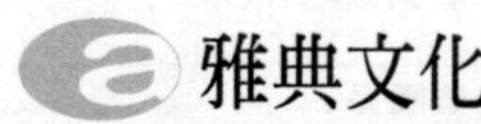

為你開啟知識之殿堂